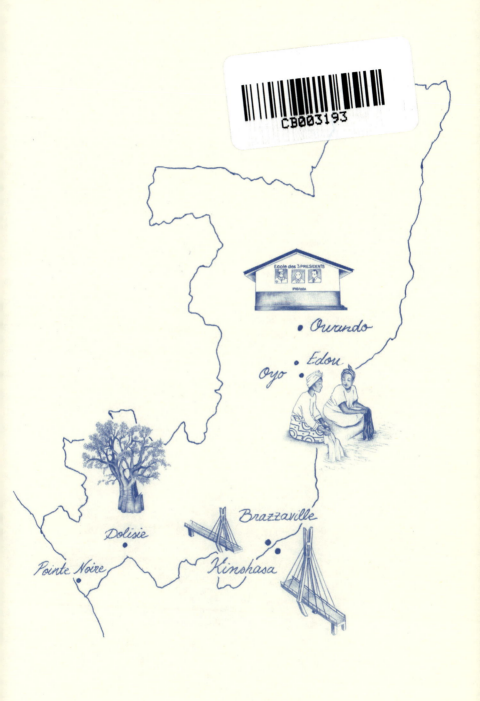

Brazza

Braza

Brazza
Mariana Brecht

© Moinhos, 2020.
© Mariana Brecht, 2020.

Edição:
Camila Araujo & Nathan Matos

Assistente Editorial:
Karol Guerra

Revisão:
Ana Kércia Falconeri Felipe

Capa:
Anne-Muanaw KAÏJ A KAMB

Projeto Gráfico e Diagramação:
Luís Otávio Ferreira

Nesta edição, respeitou-se o Novo Acordo Ortográfico da Língua Portuguesa.

Dados Internacionais de Catalogação na Publicação (CIP) de acordo com ISBD

B829b
Brecht, Mariana

Brazza / Mariana Brecht ; ilustrado por Anne-Muanaw KAÏJ A KAMB.
- Belo Horizonte, MG : Moinhos, 2020.
192 p. : il. ; 14cm x 21cm.

ISBN: 978-65-5681-036-2

1. Literatura brasileira. 2. Romance. I. KAÏJ A KAMB, Anne-Muanaw. II. Título.

2020-2558
CDD 869.99323
CDU 821.134.3(81)-31

Elaborado por Odilio Hilario Moreira Junior - CRB-8/9949

Índice para catálogo sistemático:
1. Literatura brasileira: Romance 869.99323
2. Literatura brasileira: Romance 821.134.3(81)-31

Todos os direitos desta edição reservados à
Editora Moinhos — Belo Horizonte — MG
editoramoinhos.com.br | contato@editoramoinhos.com.br

Ao meu avô:
suas histórias
sempre serão
minha casa.

Mas se as pernas avançam por vontades superiores,
soberanas ou divinas, já o coração – o mais
insolente músculo de toda a anatomia – dita,
em paralelo, outras razões para a marcha.

Tabu **(Miguel Gomes)**

Et puis le temps, la distance et la nostalgie
finissent toujours par transformer les
pires colères en chants d'amour.

Le Ventre de l'Atlantique **(Fatou Diome)**

Abro o mapa na chuva
para ver
pouco a pouco
diluírem-se as fronteiras

O livro das semelhanças
(Ana Martins Marques)

DIA 1

Querido Michel,

Você já se deparou com pessoas invisíveis?

Depois de sobrevoar o deserto por três horas, o avião pousou na cidade de luzes escassas. Ali, os carros se movem sem motoristas, as comidas se engolem sozinhas, as malas de rodinhas seguem viajante nenhum.

Pelo aeroporto, dei passos incertos. Ele me parecia vazio.

Entrei no carro, não sabia o que dizer:

como se fala com alguém invisível?

•

Depois de trinta horas de viagem, finalmente aterrissei em Brazzaville.

Desde a escala em Paris, o voo estava quase vazio:

alguns homens de negócio

uma mulher sozinha e seus três filhos

eu.

Pude esticar as pernas.

Vi anoitecer no Saara e sua escuridão me acalentava. Mas, mesmo assim, uma pergunta me tirava o sono:

O que eu poderia fazer para que o avião desviasse sua rota

atravessasse o Atlântico

e pousasse com urgência

em você?

Eu já sentia sua falta.

Uma voz me dizia que eu não deveria estar ali: quatro semanas demoram a passar quando a gente tem saudade.

Outra voz se opunha: é um trabalho social, os vídeos trarão melhorias para a população do Congo, e você sempre disse que queria viver num

mundo

melhor.

Durante todo o voo, as vozes não se calaram, inoportunas. E eu não sabia separar a angústia da intuição, tal um jogo de varetas em preto e branco.

Ou um quebra-cabeças de dez mil peças formando o céu de outubro sobre o Saara.

•

Quando saí do avião, fui surpreendida por uma barreira de pessoas vestindo branco. Um rebuliço. Alguns passageiros passavam por ela, outros eram detidos.

Era o controle da vacina contra a febre amarela.

Roberta, a produtora de São Paulo, me instruíra a me vacinar com no mínimo dez dias de antecedência. Caso contrário, não entraria no país.

Os eventos seguiam seu protocolo, e eu também.

Enquanto esperava na fila, refiz meus passos até chegar em Brazzaville:

1. A vaga no LinkedIn.

2. A primeira reunião com os produtores.

3. A oferta.

4. O contrato.

5. A despedida.

6. O embarque.

Tudo no intervalo de tempo necessário para produção de anticorpos contra a febre amarela.

Enquanto esperava na fila, tive o impulso de fazer algo estúpido e definitivo: arrancar com violência o certificado de vacina preso a meu passaporte e comê-lo. Ferir a ordem natural das coisas para descobrir onde tudo terminaria. Criar uma ramificação caótica me daria a impressão de estar no controle e não só

seguir.

A fila avançou.

Minha mão direita, vigilante a meus desgovernos, tratou de apresentar disciplinada o passaporte e o certificado da vacina à responsável pelo controle. Meus lábios complotistas agradeceram à funcionária com um sorriso simpático e um

— Merci

bem-educado.

Eu não sabia se a fiscal contaria os dias. Ela contou.

Dez dias exatos, devido às pressas da contratação, do embarque imediato, do caráter urgente da missão, que me obrigaram a sair de meu emprego anterior sem cumprir o aviso prévio e a deixar os sacos plásticos das meias recém-compradas espalhados pelo chão do apartamento.

A funcionária me devolveu o passaporte e desejou uma boa estada. Agradeci. Caminhei até as esteiras de bagagem.

Enquanto aguardava minha mala, vi passar uma caixa de papelão pela esteira.

"Bagagem não conforme" – indicava uma etiqueta.

Ela dava voltas e voltas, abandonada, talvez resquício de um voo anterior.

Algo na trajetória viciada daquela caixa me fez pensar no meu eterno retorno. No meu eterno partir. Na nossa despedida apressada.

Desde que saí de São Paulo, meu ar parece rarefeito, como se fizesse só a metade do caminho e, em seguida desistisse, voltasse atrás sem cumprir seu propósito.

Como a caixa que vai e vem. Não conforme.

Sem ninguém para tirá-la dali.

De repente me faltou o ar nos espaços preenchidos pela angústia.

A maioria das pessoas nem sabe que este Congo existe – até mesmo no tabuleiro de War, o Congo é um só.

Um só território – estratégico, embora falacioso.

A curiosidade para saber o que havia naquela caixa me torturava. Reconheci nela a mesma curiosidade que me trouxe até aqui. Uma curiosidade crônica pelos *sapeurs*. Pela floresta. Pela estranha empresa brasileira que financia hospitais e cisternas no Congo e sobre a qual eu produziria vídeos promocionais.

Foi só quando minha mala despontou na esteira que me dei conta de que a tal caixa não conforme era minha bagagem. Havia sido despachada por Roberta, embora eu não fizesse a menor ideia do que havia ali dentro. Desobedecendo todas as regras impressas nos cartazes do aeroporto, transportava em meu nome uma caixa de conteúdo desconhecido.

Pensei: mais uma vez, me comporto com a imprudência estúpida de uma personagem de filme de terror.

E foi neste exato momento que levaram embora meu passaporte sem nenhuma explicação, levando também todas as possibilidades a não ser a de ficar.

Imaginei algumas tramas em que poderia estar envolvida. Nenhuma delas tinha um final feliz.

Eu passei então a torcer para ser a protagonista deste enredo de horror no qual, apesar de minha estupidez, sobreviveria.

•

Tudo aconteceu muito rápido.

Não havia fila na imigração. Entreguei meu passaporte a um guarda que nem abriu a primeira página e, desconfiado, me perguntou quem eu era e o que me levava ao Congo.

Respondi que meu nome era Manuela.

Que tinha 27 anos.

Que vinha de São Paulo.

Que falava, sim, francês.

Que trabalhava como assistente de produção.

De filmes, isso.

Que faria vídeos institucionais para uma empresa brasileira.

Que trabalharia para a

Geosil.

Palavra que abriu todas as portas, como Roberta bem havia me orientado.

O guarda pegou o passaporte da minha mão e desapareceu.

Seu vizinho de guarita começava a receber os passageiros de um outro voo, que acabara de aterrissar. E quando eu lhe perguntei o que havia acontecido com meu passaporte, ele ergueu os ombros e disse:

— *Avancez, madame.*

Uma fila se formava atrás de mim.

O guarda que levou embora meu passaporte voltou ao seu posto, impassível. Ele já não tinha mais meu documento em mãos quando me olhou. Não esperava que eu ainda estivesse ali.

— *Avancez, madame.*

Eu não me movi.

Ele suspirou e então:

— Você poderá recuperar seu passaporte em breve – pausa. – *Avancez, madame.*

Desprovida de um documento ou de um endereço

eu avancei.

Na saída para o saguão, não havia nenhum rosto conhecido

ou placa com meu nome nela.

•

Sentei-me na área de desembarque, os pés apoiados na caixa de conteúdo desconhecido.

Era noite e eu olhava fixamente em direção à saída.

A porta automática de vidro

se abria

e se fechava.

Nenhum conhecido passava por ela.

A porta automática

se abria

e se fechava.

Não sei por quanto tempo esperei antes de notar o rosto que eu havia visto no Skype há três dias.

Leila andou em minha direção e me cumprimentou com um aperto de mãos formal. Falava rápido. Andava rápido.

Ela me entregou um telefone celular antigo em uma caixinha que já havia sido aberta muitas vezes. Com ele, recomendações expressas que eu priorize este aparelho ao meu *smartphone* pessoal. Todo cuidado é pouco, insistia.

Ao mesmo tempo em que falava, Leila digitava algo em seu *smartphone*.

Encarei-a, atônita com a contradição.

— Faça como quiser – respondeu.

Em seguida, me perguntou como foi a viagem e sentamos no banco de trás de uma caminhonete prateada com cabine estendida. Enquanto isso, a minha mala foi colocada na caçamba, junto com a caixa etiquetada.

O carro avançou pelas ruas escuras que ligam o aeroporto de Maya-Maya ao centro de Brazzaville.

Leila se lembrou então de me apresentar a Samuel, um homem de trinta e poucos anos, congolês, nosso motorista.

Emudeci.

Assumira que as malas se guardavam ou que o carro avançava sozinho.

— *Bienvenue* – Samuel me cumprimentou em francês. – Seja bem-vinda – em um português arranhado. – Me desculpe, meu português não é muito bom – de novo em francês.

Ao que lhe respondi em francês, perguntando como seria o agradecer em lingala. Queria mostrar que me importava. Precisava mostrar que me importava.

— *Merci* está bem – e se virou para a estrada.

Também passei a observar as ruas, havia tanto a ser visto.

É como se, a partir da presença de Samuel, todas as pessoas tivessem se materializado. Havia poucos pedestres. Os carros eram quase todos verdes e pequenos, antigos Toyotas dirigidos por taxistas apressados.

Dizem que alguns povos conseguem enxergar cinquenta matizes de branco na neve.

Perguntei-me de quantos tons de invisibilidade eu havia coberto Samuel.

•

Leila esperou meu hiato de contemplação com impaciência, respondendo a mensagens em seu celular. Retomou a conversa, como um apresentador de jornal que volta ao seu programa depois de um problema técnico.

— Você deu sorte, parece que as coisas estão mais calmas – me disse, como se eu estivesse inteirada da emissão que ela apresentava antes do contratempo.

— Você está falando dos protestos?

— Sim, é só no que se fala.

— Li que o exército matou quatro pessoas.

— Muito mais – me interrompeu. – Quatro mortos é o que diz a imprensa estrangeira. Eles mal sabem o que acontece aqui. O governo contabilizou dezoito. A oposição, sessenta. A real é que ninguém se importa. Foi um protesto na periferia.

— De um país que ninguém sabe que existe – sussurrei.

— Oi?

— O exército é violento – respondi.

— Os dois lados são, Manuela.

— Mas um deles é invisível.

O carro fez uma curva brusca. Me perguntei se Samuel nos entendia. No retrovisor, o seu olhar cruzou com o meu, mas não me trouxe respostas. E tampouco me esclareceu se foram catorze ou cinquenta e seis os que morreram incógnitos.

Um homem abriu o portão de entrada e o carro entrou em um jardim murado e sem flores.

Samuel me entregou a mala. Reparei que ele usava um paletó azul royal muito bem cortado, apesar do calor.

— Seja bem-vinda a Brazzaville, estou à sua disposição.

•

Leila me levou ao meu quarto – era o pior da casa, pois eu era a última a chegar. Ela não se importava. Nem fingia se importar, o que despertou minha simpatia.

O quarto tinha quatro metros quadrados, a janela era colada ao barulho do gerador.

— Pode me passar a senha do Wi-fi? Preciso escrever para Michel.

— Claro.

E não me perguntou quem era Michel. Logo agora que, imbuída em sua falta, eu precisava evocar seu nome a todo custo.

Talvez seja melhor assim.

— Mas estamos sem sinal de internet – completou Leila. – O presidente mandou cortar para que a oposição não se organize de novo.

— Como alguém pode cortar a internet?! – perguntei, visualizando Sassou-Nguesso segurando uma grande e infame tesoura, capaz de cortar a comunicação entre pessoas que estão a trinta horas de viagem.

— Ele pode fazer o que quiser. Você vai ter que esperar até amanhã. Boa noite, Manuela.

— Boa noite, Leila.

Leila fechou a porta do meu quarto e me deixou sozinha com o medo e o desejo que a oposição se articule.

Com a desconfiança de um presidente que se coloca entre mim e o Wi-fi.

Com os fantasmas de dezoito ou sessenta manifestantes.

Com o novo estatuto de visitante sem passaporte.

Com saudades suas.

Tranquei a porta.

O barulho constante do gerador cheirava a diesel.

Tentei em vão captar qualquer sinal e enviar qualquer mensagem. Insisti por uma hora até que não ouvi mais o gerador.

Com um estrondo, desfez-se também a luz.

Tentei dormir, mas ao fechar os olhos, minhas pálpebras eram de um avermelhado translúcido, colérico e incômodo.

Tão diferente da escuridão tranquila do Saara visto de cima.

Não era me tornar invisível que eu temia. Sabia que isso seria impossível. Mesmo sem passaporte. Se morresse em uma manifestação da periferia, os jornais brasileiros saberiam encontrar este Congo no mapa.

Não temia a invisibilidade.

Tinha medo de não saber identificar seus matizes.

Salvo este e-mail na pasta de rascunho, tentarei dormir.

Espero que possamos nos falar amanhã.

Um beijo,
Manu.

DIA 2

Michel querido,

Quando cheguei à mesa do café da manhã instalada na sala da casa que abrigava a equipe, todos já estavam lá. Por um momento, o incômodo de ter uma conversa trivial antes do primeiro gole de café se sobrepôs a todos os outros.

Carlos foi o primeiro a se apresentar. Tinha cinquenta e tantos anos. Era o que chamam de *videomaker* – filmava e também gravava os áudios de suas produções, tipo uma banda de um homem só do cinema – explicou.

Tinha ares ranzinzas, mas assim que sentei à mesa, me perguntou:

— Falando em golpe de estado: Manuela, você sabe por que o petróleo foi ao terapeuta?

— ...

— Porque ele estava no fundo do poço.

Carlos caiu no riso. Eu não. Mas Carlos não se importou. Me sentei ao seu lado e decidi que me sentia bem ali. Ele apertou minha mão.

— Esteja bem-vinda.

— De que golpe vocês estavam falando?

— *Le coup d'état* — respondeu Virgínia, exagerando o sotaque francês. Calculei que tinha trinta e quatro anos. Usava uma camisa de poliéster sem vincos com estampa de bichinhos e os cabelos longos muito lisos. — O da oposição, é claro — completou, sem se apresentar.

— E o que a gente faz? — perguntei, confusa.

— Vou levar uma malinha pro escritório no caso de ter que sair fugido.

Quem respondeu foi Tomé, muito branco e magro. Usava óculos de acetato grandes demais para seu rosto e passava repelente em spray o tempo todo, até mesmo durante o café da manhã. Como se para compensar seu tamanho, tudo em Tomé era em excesso: falava alto e devorava Nutella com repelente como se fosse sua última refeição. Não consegui comer naquela manhã.

Arrumei também uma mochila de emergência e saí da casa apressada, os colegas já esperavam no carro.

No caminho, cruzei com Divine, que se apresentou como a governanta da casa. Apesar de muito jovem, tinha um sorriso maternal e usava uma peruca dourada, que lhe caía bem. Tinha olheiras nas quais reconheci as da minha própria mãe. Olheiras de pessoas que despertam cada vez mais cedo, acordadas pelos medos que não esperam a alvorada.

Entre eles, o medo de nunca mais dormir.

Depois de me apresentar, atravessei a sala com pressa e trombei com um homem de cinquenta e poucos anos. Ele perguntou se eu era a tal da Manuela. Respondi que sim, achando graça. Era a primeira vez que alguém se referia a mim como "a tal da".

Ele me estendeu a mão. Vestia uma camiseta do Corinthians grande demais e um relógio dourado.

Seu nome é Esengo, é nosso vigia da noite e me contou que dormiu mal.

— Os mosquitos mais uma vez. E o calor. Mas principalmente os mosquitos – disse como se eu estivesse já tão familiarizada com suas noites insones quanto ele estava com o meu nome.

Em seguida abriu um sorriso para mudar não só de assunto, mas também de tônica.

Disse que estava feliz em me ver no Congo. Esperava que eu também estivesse feliz. O Congo é um país feliz e é uma felicidade estar aqui.

Quando ouvi o motor dos carros sendo ligados, me despedi, prometendo conversar com mais calma no dia seguinte.

Entrei em um dos carros, pedindo desculpas pelo atraso.

Cumprimentei Samuel, que me acenou com a cabeça, sem dizer palavra.

Como fui a última a chegar, me sobrou o banco da frente – onde o ar-condicionado é mais fraco, disseram. Tentei puxar um assunto qualquer com Samuel, mas ele me ignorou, como se também preferisse o banco vazio.

Pela janela, a rua semiasfaltada poderia ser a do bairro em que cresci no interior de São Paulo.

Um caminhão tipo pau-de-arara fechou a via de mão única e nos impediu de sair, obrigando Samuel a manobrar. O motorista agradeceu com um aceno e o caminhão entrou na casa ao lado da nossa, levando vinte e três homens na caçamba.

— Trabalhadores chineses – explicou Leila.

Um deles parecia eufórico, ria e gritava e pulava em uma língua que eu não entendia. Ele vestia uma roupa do exército congolês – Samuel sacudiu a cabeça em negação.

— Ele não deveria usar farda – afirmou.

Os outros vinte e dois colegas pareciam exaustos.

Busquei no olhar de meus colegas mais explicações sobre nossos vizinhos, mas eles pareciam exaustos.

Perguntei, então, se já tínhamos internet.

— Ainda não — resmungaram em uníssono.

Quinhentos metros depois, o carro parou. Chegamos ao escritório. Eram cinco para as nove. Fazia trinta e quatro graus e Samuel usava um terno tão elegante quanto o do dia anterior, mas em tons de grafite.

•

À porta, já dentro do escritório, estava Sr. Felizardo. Pelo seu semblante, devia ter cerca de sessenta anos. Era abatido e franzino. Engoliu as palavras ao pronunciar o próprio nome, como se fosse vítima de mais uma ironia infeliz.

Tentou sorrir, mas o movimento lhe traiu no meio do caminho, deu meia volta e suspirou.

Seu sotaque parecia de Angola, mas seu jeito de falar era abrasileirado.

— O ar não lhe pesa? – perguntou como se não houvesse tempo para formalidades.

— Como?

— Logo você vai ver: o ar aqui é pesado e todos os mosquitos, *todos,* levam a Malária. Todos na equipe ficam doentes logo nos primeiros dias. Você logo fica também. Mas tem sorte, o novo médico da Geosil é excelente. Veio de Cuba.

O ar então cumpriu a profecia de Felizardo e também me pesou. Chegava só até o peito e então voltava. Era como se absorvesse as palavras de Felizardo e, espesso demais, não passasse pelo resto do sistema respiratório.

A chegada de Alberto nos interrompeu.

Ou melhor, o bom-senso fez com que nos interrompêssemos à chegada de Alberto. Ele se sentou à mesa de reuniões. Eu soube que deveria me juntar a ele e, pouco a pouco, todos os integrantes da equipe chegavam também.

A presença de Alberto era mais importante que qualquer tarefa em curso.

Alberto me cumprimentou de maneira simpática e dedicou um pouco de sua atenção a mim, tal se espera de um chefe de equipe. Ele perguntou se fiz boa viagem. Se tudo estava em ordem no alojamento. E não aguardou minha resposta, tal se espera de um chefe de equipe.

Quarenta e dois segundos lhe parecia o tempo adequado de conversa entre um diretor e uma assistente de produção. Virou-se então ao resto da mesa, sabendo que as cadeiras estariam ocupadas.

— *Sassoufi** – riu, contrariado. – O pior é que está colando... Já é a maior *hashtag* do Congo... Esses moleques ficam lá em Paris, inventando bobagens. Covardes... Protegidos e brincando de oposição. Ideias para um contra-ataque?

Alberto falava exatamente como as ideias lhe vinham à mente, cabia a nós o esforço de organizá-las. De ser seu superego. Virgínia levantou a mão e a manteve levantada, enquanto eu falei, quebrando duas ou mais regras. Como aqueles aventureiros que se misturam aos lobos e comem antes do chefe da matilha.

— O que temos a ver com isso? – perguntei.

— Acho que *cestçassou* é a nossa *hashtag* – se impôs Virgínia.

---

*Uma brincadeira com o nome do presidente do Congo, Sassou, e a expressão *Ça suffit* (basta, em francês)

— *Sassoui* – eu revidei distraidamente, tentando atrair a atenção de Alberto – mas, de novo, o que temos a ver com isso?

— Brilhante! – ele respondeu.

Tentei encará-lo no fundo dos olhos. Ele percebeu e se voltou a mim, como se não houvesse mais ninguém à mesa.

— Manuela, você sabe que Sassou era colega de Mandela? Sabe que é um dos líderes do movimento Pan-Africano?

— Eu não vim aqui fazer campanha política.

— Como você acha que hospitais e cisternas se pagam?

Antes que eu pudesse responder, a reunião foi interrompida por um homem de farda que entrou sem pedir licença. Em um francês pausado e confiante, o militar anunciou que a oposição estava prestes a organizar um levante.

Precisávamos sair dali.

Entramos no carro. Samuel ao volante, o homem fardado ao seu lado. No banco de trás, eu estava no meio. De um lado, Tomé. De outro, Leila. Segurei minha mochila de roupas como uma bexiga em um vendaval. Leila parecia tranquila, como se esperasse por isso.

— Um boina preta... Isso não quer dizer que ele já matou um monte de gente? – perguntou Tomé, em português.

Leila confirmou, dirigindo a Tomé um olhar acusatório.

— Que foi? Ele não entende português.

— Você não sabe, Tomé. E, além disso, é rude falar das pessoas em uma língua que elas não entendem.

— Matar um monte de gente também é rude – respondeu Tomé, antes de fechar a cara.

No banco da frente, Samuel e o militar seguiam calados.

— Pra onde vamos? – perguntei enfim.

— Para o Olympic – respondeu Leila –, o melhor hotel de Brazzaville.

— Eu vou ficar o dia todo na piscina – afirmou Tomé.

— A gente está indo trabalhar, Tomé. Talvez ali tenha wi-fi e é o lugar mais seguro. Todas as autoridades do Congo vão para lá.

— E é o lugar mais seguro para se estar em um golpe de estado? – Tomé exaltou-se.

O militar nos encarou, parece que também considerava uma afronta a língua que ele não entendia.

— Fique tranquilo, Tomé. Alberto se preocupa muito com nossa segurança – afirmou Leila em um francês encenado –, e o Senhor Presidente com certeza está trabalhando para que a situação se estabilize.

O militar balançou a cabeça, aprovando.

Nos mantivemos em silêncio durante o resto do caminho até o hotel. Nas ruas, apenas militares que faziam sentinela com armas pesadas. As calçadas estavam vazias. Desaparecer é questão de sobrevivência em um país invisível.

A população refugiava-se em suas casas e rezava para que o tempo fosse fiel à sua lógica linear e não voltasse à guerra civil de vinte anos atrás. Que as balas não os encontrassem desta vez. E que uma força maior lhes protegesse de adentrar o território das guerras invisíveis – para as quais ninguém olha, pois há supostamente algo mais importante acontecendo na parte norte do mundo.

As ruas de terra estavam assentadas pela chuva fina e pelos solados dos coturnos. Militares de boina vermelha abriram a cancela do hotel e nos deixaram passar.

Senti um aperto no estômago quando ouvi um disparo.

Abaixamos nossas cabeças. Até mesmo Samuel, que ainda conseguiu manobrar o carro com destreza e nos afastar do local de onde veio o tiro. Ele desligou o motor sob os gritos furiosos do militar que desceu do carro, irritado.

Pela primeira vez, Samuel olhou para o banco de trás.

— Vocês estão bem?

Leila e Tomé fizeram que sim com a cabeça.

— Manuela?

A parca conexão do hotel me bastou apenas para te mandar uma mensagem dizendo que sim, estou bem. Cheguei bem.

Espero falar com você em breve, Michel. E, quem sabe, enviar este e-mail. Tenho saudades.

Um beijo,
Manu.

DIA 3

Michel,

Quero que você se lembre da última tarde que passamos juntos em São Paulo. Não de tudo que aconteceu. Disso não precisamos falar ainda.

Mas quero que você se lembre do mormaço. Do ar pesado que parecia encher os pulmões de gotículas, que pedia licença e entrava suave. Nos deixando suaves também.

Um dia, fizemos um pacto. E quando achávamos que nem mesmo todos os ventos do mundo nos abalariam, o ruído nas telhas nos impediu de dormir.

No dia seguinte, o sol deu lugar a nuvens largas de contornos opacos e o céu azul já não estava.

Assim era também o céu em Brazzaville.

Tenho a impressão de que a manhã de hoje não existiu. Passei meu tempo em calmaria a tentar captar em vão algum sinal de internet e a observar os calangos coloridos ao lado da piscina.

Lembrei da vez em que você me disse que as piores crises do capitalismo aconteceram justamente quando tudo parecia sereno.

A tranquilidade é só uma das formas do caos.

— Os machos são os coloridos – disse um dos funcionários do hotel, quando notou meu interesse pelos calangos de cores vivas que subiam e desciam dos troncos de árvores. – É para chamar a atenção das fêmeas.

— Os homens humanos deviam ser assim – tentei dizer com bom humor.

— As poucas cores que temos já causam problemas demais – me respondeu sério.

Continuávamos sem internet. Sentei em uma das espreguiçadeiras externas. Uma galinha d'Angola rondava a piscina, assim como alguns homens de paletó.

Já era quase meio-dia quando Samuel se aproximou. Ele se sentou na cadeira ao lado sem dizer nada.

Eu também não encontrei assunto que devesse ser começado. Nenhuma parte de mim queria ser externalizada. Todas estavam ocupadas demais tentando encontrar seu lugar. Ou esconder que eu era o caos naquele dia lânguido e qualquer palavra poderia romper seu equilíbrio instável.

Assim ficamos.

Não sei se por minutos ou horas o tempo era medido em silêncios.

Por um instante, me distraí e levantei a cabeça para observar a sacada de um dos quartos que dava para a piscina. Tomé havia ficado trancado para fora. De bermuda de banho e óculos de sol, ele golpeava os mosquitos com uma revista.

Ele se retorcia e atacava cada um dos pernilongos, com um ruído de vitória ou insatisfação a cada golpe certeiro ou fracassado.

Quando olhei para o lado, Samuel não estava mais.

Voltei a observar a galinha d'Angola que rondava a piscina.

•

Às duas da tarde, toda a equipe se encontraria na sala de reunião do hotel.

O chão e as paredes eram forrados de um veludo vermelho acostumado às grandes ocasiões.

Não havia janelas.

O mundo externo era isolado por paredes grossas, pelo ar-condicionado ligado a um gerador de energia elétrica próprio e por uma porta que só abria por dentro. Assim, a cada batida, alguém da equipe se levantava para abrir a porta.

Curiosamente, nem sempre o que estava mais perto dela. Nos revezávamos até que a sala ficou cheia. Lá estavam Alberto, Leila, Tomé, Virgínia, Felizardo, Carlos e eu.

Foi Alberto quem começou a falar. Achava que cortar a internet era um excesso de precaução da parte de Sassou. Só serviria para atrasar nosso trabalho.

— Eu nem sei se acredito em um levante da oposição.

— Alberto, veja bem. Você pode acreditar ou não em Papai Noel, em Deus, na mão invisível do mercado. A oposição existe. Você não tem escolha – disse Carlos.

Abaixamos a cabeça, imaginando a reação de Alberto a tal imprudência, mas contra todas as expectativas, ele riu, batendo nas costas de Carlos de maneira fraternal.

— Bom, cedo ou tarde, teremos a internet de volta. E aí, eu preciso que vocês tomem muito cuidado. Nada do que acontece aqui deve ser dito. Principalmente em telefonemas, mensagens, e-mails. Nada. O trabalho deve ser discutido pessoalmente com os colegas e só com os colegas. E guardem suas opiniões sobre o governo para vocês.

— A oposição está nos observando? – perguntei.

— Quem dera fosse só a oposição.

A calmaria da equipe não parecia antecipar o que viria em seguida:

— Alberto, por que vir aqui neste país fazer campanha para um ditador?

Felizardo se apoiava do outro lado da mesa de reuniões. Suas mãos seguravam o tampo rígido como se impedissem um terremoto.

Ou criassem um.

— Há quanto tempo o senhor trabalha para a Geosil, Senhor Felizardo?

— Três anos, senhor.

— Antes o senhor tinha trabalho?

— Não, senhor.

— Hum, entendi. E a sua esposa trabalha, Senhor Felizardo?

— Ela já faleceu, senhor.

— E a sua filha, Senhor Felizardo?

— Ela não trabalha, senhor.

— E por que, Senhor Felizardo?

— Porque ela está fazendo um tratamento.

— Um tratamento? Onde?

— No hospital da Geosil.

— Um tratamento de quê?

— De câncer.

— Do que morreu sua mulher?

— De câncer, senhor.

— Era só isso mesmo, Senhor Felizardo, obrigado – Alberto se voltou para o resto da equipe. – Vocês estão aqui por escolha. Lembrem-se disso.

Levantei.

Tudo sufocava.

Respirar naquela sala era como atravessar uma piscina olímpica em apneia ou caminhar a cinco mil metros de altitude – só era possível porque eu sabia que logo as condições normais de temperatura e pressão seriam estabelecidas.

O ar teria de novo a concentração adaptada.

E eu respiraria em paz.

Saí da sala com uma desculpa qualquer.

Ao bater a porta, senti que estava de volta ao nível do mar.

Sei que todos me encaravam, menos Felizardo, que ainda tinha os olhos baixos.

•

Nesta altura, eu era uma espectadora na peça de teatro interativa da minha própria vida. Era aquela que se senta no fundo da plateia e se encolhe na poltrona, com medo de ser chamada à ação.

Quebrava a quarta parede.

Guardava a descrença.

Mantinha-me a uma distância segura

de mim.

Passos firmes sobre o carpete vermelho aveludado, eu andava rápido em direção à recepção do hotel.

Mas não corria.

Meus tênis de caminhada empoeirados já chamavam atenção demais, ao contrastar com a pelugem macia, brilhante e recém-aspirada.

Sentia-me observada.

Eu era observada.

Há vinte e quatro horas, aquelas pessoas se confinavam em um hotel. Sem sinal de internet, seus olhares precisavam encontrar um ponto de fuga.

— Preciso fazer um telefonema para o Brasil – eu disse ao recepcionista.

— Custará caro – ele respondeu com desdém.

Ditei-lhe seu número de telefone e esperei ouvir sua voz.

Lá fora, os calangos coloridos continuaram seu correr nos troncos das árvores. Senti que era em meu esôfago que

d m
e a
s i
c b
i u
a s
m e

— Michel, Estou com medo, preciso que você me ajude a encontrar um jeito de sair daqui. Não falar com você me sufoca. Eu não posso te contar tudo. Eu deveria te contar tudo. Fui enganada, estamos fazendo campanha para o presidente. A oposição organiza um levante. As paredes têm ouvidos e os telefones estão grampeados. A oposição nos espiona. O governo nos espiona. Meu coração está batendo mais rápido do que deveria. Vivo em arritmia. Tudo me parece perigoso e desnecessário. Preciso ter notícias suas, preciso que você tenha notícias minhas. Todo dia. Por favor.

Era o que eu queria ter dito.

Mas você bem sabe que não foi assim nossa conversa.

Você e eu falamos em uma língua morta, cujo principal fonema são os não-ditos.

A segunda ligação caiu na caixa postal da produtora de São Paulo.

E como se os calangos e os silêncios acumulados em minha garganta saíssem em estouro de manada, me flagrei gritando o nome de Roberta.

Exigia meu passaporte. Exigia uma passagem de volta. Exigia o fim do meu contrato de um mês.

— Vocês não podem me obrigar a trabalhar para um ditador – foi a frase cortada ao meio pelo recepcionista que apertava os botões desligando o telefone. Não sei o quanto Roberta ouviu. Não sei se o recepcionista entendeu o que eu dizia. Ou se apenas considerou meu tom impróprio.

A ameaça de uma nova guerra civil não parecia alterar uma prega nas roupas das pessoas que transitavam pelo lobby, mas meu tom de voz elevado ao telefone lhes pareceu brutal. E quando me dei conta de que falava ao vazio, o recepcionista estendeu uma fatura escrita à mão.

— *Madame*, o valor total será de cinquenta euros.

Entreguei-lhe a nota amassada que guardava no porta-dólares para uma emergência.

Pela porta de vidro que dava no jardim, vi ao lado da piscina uma gaiola que eu ainda não notara. Era um papagaio-do-congo. "Águia exótica", esclarecia a placa para estrangeiros.

— Manuela, o que você não está me contando? – você dizia ao telefone, Michel.

E sua frase, repetida tantas vezes, agora ecoa em minha cabeça.

As respostas que eu poderia ter dado desfilam exibidas. Todas muito mais convenientes do que os soluços ansiosos aos quais eu me resignei antes de desligar sem dizer nenhuma
nenhuma
outra
palavra.

Fumei em silêncio o último cigarro que roubei de você quando nos despedimos. A fumaça quente desceu pela minha garganta, tóxica como Diabo Verde desentupindo uma via obstruída e dizimando os calangos coloridos.

Certa vez, li que o papagaio-do-congo pode aprender e distinguir mais de cem palavras, enquanto imita a fala humana com perfeição.

Não chegavam a cem as palavras que enunciei ao longo do dia.

Tentei revisitá-las.

Mas fui incapaz de imitar o tom da minha própria voz.

A incomunicabilidade me transformava em uma ave exótica enjaulada
em mim.

Salvo este e-mail no rascunho, agora sem intenção de enviá-lo.

Rascunho de um e-mail não enviado a Michel

Começo hoje um diário.

Este e-mail não será enviado. Os últimos e-mails não serão enviados
porque tenho medo que sejam interceptados
e porque sei que você não quer recebê-los.
Talvez agora, escrevendo só para mim, eu consiga chegar à verdade
à minha verdade
ou à verdade e ponto final?
A ficção e a realidade
me parecem
univitelinas.
Começo hoje um diário.
Assim que comprar um caderno, aliás.
Sabendo que as páginas espessas nunca serão transparentes.
Que o retoque será mais verdadeiro que o rascunho.

Uma última vez me pergunto, Michel: como eu teria te contado esta
história face a face?
Sem a censura imposta por Sassou, mas com a censura imposta
por nós dois.
A balança entre os ditos e não-ditos cada vez mais desequilibrada.
Teria omitido tanta coisa, isso é verdade.
E, ainda assim, teria sido
menos real?

DIA 4

Com as mãos suando frio, toquei à porta. Entrei em jejum na sala de reunião acarpetada, pronta a inventar qualquer desculpa e não mais participar desta trama, mas minha natureza biliar desgovernava os neurônios.

Fiz uma lista mental das coisas que fariam com que me embarcassem em um avião de volta a São Paulo ainda hoje:

- Fingir a morte de um parente próximo o suficiente para ter que voltar, mas não próximo demais a ponto de me sentir culpada.
- Sair com um membro da oposição.
- Capturar a galinha d'Angola do hotel, espalhar o misto de penas e sangue de forma irreversível pelos tecidos do quarto de Alberto. Olhar fixamente em seus olhos até que ele acorde.
- Fugir, eu acho.

Do outro lado da mesa de reunião, Alberto me encarava.

Para ele, o meu mal-estar contava como o seu próprio, ou o de todos os congoleses: uma mera perturbação em seus projetos.

Com um arranhar de garganta, arrematou meus planos.

— As filmagens do documentário começam daqui quinze dias. Manuela, Leila, eu conto com vocês para que tudo esteja pronto até lá.

Eu admirava a forma como Leila tomava notas:

Filme sobre a vida do presidente Sassou. 8 minutos de duração. 36 anos no poder. Guerra civil. Filmagens no norte do Congo. Imagens de arquivo. Enaltecer personagem. Herói nacional (grifado duas vezes).

Tudo estava claro agora. Mais do que sua campanha, éramos contratadas para fazer um filme belo, com imagens poéticas, mostrando a trajetória de glória de Denis Sassou-Nguesso: de um menino de vilarejo pobre a um grande líder global. Dos relatos de amigos de infância a fotos com chefes de Estado. Para isso estávamos ali.

Eu cantarolava distraída uma música de *Zoufri Maracas*.

Em uma praia do Pacífico, nasceram dois irmãos:
Um alegre, o outro, simpático.
Um faria música, o outro, política.
"Meu irmão, você sabe que estão nos matando no vilarejo?" – dizia um.
"Pois fui eu que ordenei, ninguém pode saber de onde eu vim" – respondia o outro.*

Quantas narrativas Sassou já teria destruído até que agora, no auge de seus setenta e poucos anos, decidiu que sua vida deveria ser documentada?

Talvez ainda lhe sobrem amigos de infância que ousem contar uma história desassossegada, com detalhes modelados pelo tempo e pela memória. Mas é mais provável que seu passado tenha de tal forma se fundido à narrativa nacional que seus traços se misturem aos do mapa da República do Congo:

Seus pés, Pointe-Noire, centro econômico, sustentação do país.

Pés obedientes, um pouco esfolados pelo asfalto quente, talvez a sola esquerda ligeiramente mais desgastada devido a um problema mal resolvido na coluna. Mas, de maneira geral, estáveis.

A cidade de Dolisie, os meniscos que lhe doem.

Dores crônicas, oriundas de conflitos étnicos, oposição concentrada. O diagnóstico indica água no joelho, mares revoltos em um território sem costa. São incômodos difíceis de tratar, nem mesmo com cirurgias de alta precisão, remoção clínica de elementos subversivos e dores de recuperação. Ou quem sabe, sim.

Seu coração é Brazzaville, cidade que o acolheu como homem de Estado.

---

*Pacifique, de Zoufri Maracas

No ventrículo direito, seu gabinete com ar-condicionado, geradores e seguranças, para que tudo siga funcionando como se deve. No átrio direito, o mercado de Poto-Poto, onde aprendeu a vestir seus primeiros ternos, importados diretamente de Paris no ventrículo esquerdo, o aeroporto de Maya-Maya. Como cerca de 70% da população, o presidente sofre de uma patologia parecida com sopro. A sua válvula mitral, que deveria funcionar como o impecável projeto de ponte até Kinshasa, se parece mais com as portas basculantes do *La Main Bleue*, gastas pelo vai e vem das garçonetes cansadas. O sangue que deveria ficar restrito às periferias do coração ou da cidade às vezes volta, causando arritmias desnecessárias.

Sua cabeça é a região de Oyo, os olhos abertos e atentos da coruja do Norte.

Sua origem, sua formação, sua língua, sua etnia. Os vilarejos modelo, a economia pulsante, a casa de sua filha morta aberta somente uma vez por mês para manutenção. As reservas de gorilas visitadas por turistas abastados em excursões organizadas. A mata fechada e equatorial. Os macacos na feira vendidos sem mãe. O ebola. Uma das cidades mais ricas do país. Em suma, massa cinzenta.

Investigar a essência de Sassou seria atroz como dissecar um organismo vivo.

E, por um momento, a ideia me agradou.

No entanto, eu duvidava que nos fosse exigido um trabalho anatômico esmiuçado. O cartográfico, esse muito mais fácil, já bastaria.

Agora eu já sentia em minhas mãos a função afável do meu próprio sistema parassimpático. Não estavam mais gélidas, ou tremendo. Os neurotransmissores levaram exatos seis minutos e trinta e sete segundos para completar seu trajeto e eu sentia um inexplicável bem-estar. Pouco a pouco, me acostumava com a ideia de estar no Congo, de trabalhar para a campanha de reeleição de Sassou-Nguesso.

— Talvez pior do que integrar o grupo dos grandes líderes nocivos à humanidade seja ceder seus braços para um projeto corrosivo alheio! – gritava a parte colérica de meu corpo, que era pouco a pouco calada com condescendência, como um adolescente que acaba de descobrir a política, ou um bebê colocado para dormir.

A segurança de conhecer o próximo passo era mais forte que tudo e abafava todas as outras funções metabólicas.

Pedi licença e saí da sala, fechando a porta atrás de mim. Colei meu corpo a ela, como se parte da adrenalina inicial tivesse ficado trancada do lado de dentro e lutasse para sair. Contei até três. Verifiquei os vãos, garantindo que ela não se liquefizera.

O já conhecido carpete vermelho guiava o caminho até a parte de fora do hotel. Fui ao banheiro ao lado da piscina, ainda sem ninguém dentro. A cor verde da bile denunciava o café da manhã que não tomei. Enxaguei a boca e os olhos e voltei à sala de reunião.

•

Ao final da reunião, notei que alguém se aproximava – era Alberto. Perguntou se poderíamos conversar. Embora nenhuma resposta tenha me vindo aos lábios, um "sim" submisso chegou aos seus ouvidos.

Qualquer outra sonoridade menos sibilante lhe seria estranha.

Ele falava em círculos: o quanto o país precisava dele. O quanto ele precisava de mim. O quanto eu poderia crescer ao lado dele. O quanto todos poderíamos crescer juntos.

Senti-me como uma presa que ainda não entendeu para qual refeição está sendo cobiçada.

Ouvimos um grito. Um grave que atravessou a parede espessa da sala de reuniões.

Abri a porta e corri em direção ao barulho com a pressa da presa desnorteada quando as mandíbulas do predador se afrouxam.

Ao chegar no saguão, me deparei com o inesperado:

Samuel ria.

Mas não era o riso de quem ri de uma piada. Era o riso de quem ri da condição humana ao contar uma piada. Do patético. Da falta de sentido. Do transbordar. Do excesso de humanidade.

Do seu riso, inferi que nada ia mal, e que nada nunca estaria bem de verdade.

Dentro do saguão do hotel, a galinha d'Angola saltava e corria, espalhando suas penas pelo carpete recém-aspirado. O recepcionista tentava capturar a galinha que entrara por engano. Mesmo sendo um animal pré-histórico, ela entendeu que ali não era seu lugar e buscava desesperadamente uma saída.

Às vezes, trombava contra as portas de vidro cuja transparência confundia sobre a solidez do mundo.

Às vezes caminhava em direção a uma superfície espelhada tentando se aproximar de uma igual, mesmo tendo toda sua vida sido solitária.

Me aproximei de Samuel.

— Você está torcendo pra quem? – ele me perguntou.

O recepcionista às voltas com o animal segurava em ofensiva uma toalha de piscina branca. Por um momento quase pensei em fazer o impensável e me lançar na busca da galinha, me solidarizar com aquele homem franzino e inapto àquela função, resgatá-lo a ele e à galinha daquela solidão espetacular que alimentava o tédio dos hóspedes.

Foi quando meu olhar cruzou o de Samuel.

E de repente aquela situação passou de divertida a intolerável. Como se ele tivesse descoberto que a galinha d'Angola era eu. Inadequada e solitária. Espalhando as minhas penas pelo carpete.

E como para lhe provar o contrário, saí do hall de supetão, meu ombro direito trombando contra a porta de vidro e fazendo um estrondo.

Do lado de fora, desinteressava-me pouco a pouco da galinha e do recepcionista.

Se tivesse um cigarro, eu o fumaria numa tragada só. Mas não tinha.

Ao olhar pela porta espelhada, eu também era a única da minha espécie. Inadequada à minha função. A mim mesma. Desgovernada. Biliar. Confinada. Primitiva.

De repente, Samuel abriu a porta e colocou com delicadeza a galinha d'Angola no gramado ao lado da piscina. E a galinha passou a ciscar e andar tranquilamente, como se nada tivesse acontecido.

— Calma, calma. Logo estaremos livres.

Se Samuel falava à galinha ou a mim, não sei.

Na segunda pessoa do plural, ele me devolvia à condição humana.

Apenas o suficiente para não transbordar.

DIA 5

— Reto toda vida, passo pelo centro francês. No zoológico, viro à direita. Continuo reto. Uma, duas, três, quatro, cinco ruas até cruzar com o bar de parede verde-bandeira. Viro à esquerda. Chego ao aeroporto. São quatro quilômetros no total. Acho que se eu andar rápido consigo chegar em meia hora.

— Por que você sempre fala uma, duas, três, quatro, cinco ruas? É irritante.

— Para fixar.

— E se tiverem pintado a parede do bar? – contestava Carlos.

— Eu vou reconhecer – Tomé protestou, irritado.

Desde que recebemos a notícia de que iríamos sair do hotel e voltar para a casa que alojava a equipe, Tomé estava obcecado em decorar o caminho mais curto entre a casa e o aeroporto e o repetia em voz alta, incansável.

Na pior das hipóteses, teria uma rota de fuga – insistia.

— Não, não vai reconhecer. Você só viu esse caminho no Google. Nem sabe se o bar ainda é verde mesmo, se o zoológico existe – Carlos continuou.

— Claro que existe, Carlos. Vai me dizer que você nunca ouviu falar desse zoológico?

— Que diferença faz? – Agora era Carlos que parecia contrariado.

— A diferença é que você está vivendo em um país onde as pessoas foram obrigadas a invadir o zoológico e comer a carne dos bichos que estavam ali dando mole.

— Aff, que nojo. É por isso que eu não presto atenção nas suas histórias.

— Mas talvez seja melhor começar, Carlos. Ninguém come carne de panda porque quer. As pessoas fizeram isso porque o país estava em guerra civil. Acabou a comida. E a parte que te toca é: a gente corre o risco de entrar em outra guerra civil. Você também deveria começar a traçar uma rota de fuga.

— Mas Tomé... Eu duvido que tivesse um panda no zoológico de Brazzaville.

Tomé bufou.

Carlos tentava acalmar o amigo em vão. Tomé já havia tapado os ouvidos e murmurava como um mantra:

— Reto toda vida, passo pelo centro francês. No zoológico, viro à direita.

— Tomé, por favor, pensa um pouquinho – insistia Carlos.

— Umas, duas, três, quatro, cinco ruas até cruzar com o bar de parede verde-bandeira.

— Tomé, olha só, eu estou tentando dialogar...

— Viro à esquerda. Sigo reto até o aeroporto.

Leila e eu nos entreolhamos. Ela também parecia não encontrar seu lugar naquela discussão que invadia nossos espaços, já que Carlos estava sentado no banco da frente do carro e Tomé, no meio – entre Leila e eu. Senti como se assistisse a uma inoportuna discussão conjugal. Daquelas que acontecem depois do jantar com amigos, em que as diferenças se tornam urgentes, indigestas, não podem esperar pela sobremesa.

Da janela, vi que as ruas ainda estavam vazias.

Apenas os militares de boinas vermelhas, roxas ou pretas ocupavam seus postos.

Invejava Tomé e Carlos. Aqueles dois homens dividiam um tipo de intimidade e aquela intimidade era tudo que tinham.

Era a normalidade.

Era uma casa nos subúrbios paga a prestações.

Nos mares revoltos de uma expedição insalubre, eram um do outro âncora.

Senti-me sozinha. Muito sozinha.

Como se aquelas pessoas e eu fôssemos sobreviventes de um naufrágio: havíamos chegado a uma ilha deserta e cada um já assumira o seu papel naquela sociedade isolada, enquanto eu ainda nadava para alcançar a costa.

Carlos e Tomé continuaram sua discussão sem sentido. Tomé, ainda repetindo seu caminho, não partiria sem Carlos. Carlos, agora taciturno, não queria que Tomé fosse embora. Encontravam um prazer cotidiano naquela convivência.

Samuel estacionou o carro quando chegamos à casa.

Pelo sim, pelo não, murmurei:

— Reto toda vida, passo pelo centro francês. No zoológico, viro à direita. Sigo. Uma, duas, três, quatro, cinco ruas até cruzar com aquele bar de parede verde-bandeira. Viro à esquerda. Sigo reto.

Samuel perguntou se estava falando com ele.

Disse que não, pedindo desculpas.

Tomei fôlego para dizer qualquer outra coisa, mas Samuel não estava mais lá.

Então, calei-me. Desprovida, mas ainda não sei de quê.

Até que ele se virou e disse:

– Pintaram as paredes do bar de amarelo.

Sorri.

•

Quando eu tinha oito ou dez anos, havia apagões frequentes na minha cidade. Meus colegas festejavam quando eles aconteciam em meio à aula de matemática e éramos obrigados a sair mais cedo das salas escuras.

Eu não.

Ansiava para que eles acontecessem à noite, logo antes do jantar.

Minha família nunca foi do tipo que se ilha para comer em frente à TV. Com ou sem eletricidade, conflitos ou vontade, nos reuníamos à mesa.

Toda noite.

Não era o afeto que me faltava.

Era a exceção.

O desvio.

No escuro total, eu corria para acender velas, esquentar a comida em banho-maria, ler à luz de uma lanterna ou só dormir mais cedo mesmo. Qualquer coisa que escapasse ao hábito. Um estado de exceção.

Aquele pedaço de vida parecia sublime, completo.

A existência, via de regra, era medíocre.

Desde então, tenho a sensação de que só posso me esparramar entre todas as arestas do meu ser em momentos extraordinários.

Fugas. Férias. Apagões.

A conexão da internet já havia sido restabelecida, mas durante o dia todo, não ousei ligar meu celular.

Tomé já havia capturado a tela do GPS, registrando o caminho entre a casa e o aeroporto.

Carlos recebia notícias da filha.

Leila colocava seus e-mails em dia.

Não sei quando foi que decidi fingir que ainda estava desconectada de todas as coisas que me eram inevitáveis.

Havia algo de conforto naquele isolamento. Mantinha-me em estado de exceção.

Já não sei se sinto falta de Michel.

Ao mesmo tempo, o medo de não ter uma notificação com seu nome me tetanizava.

A incomunicabilidade forçada havia sido um hiato. Uma folga merecida na equação irresoluta de nós dois.

Mas que não me trouxe a solução.

Não sei se devemos nos falar, que tom de voz assumir.

Quem seremos nós depois do que dissemos em nossa despedida?

Se é que ainda há nós.

Michel sempre guardou um pedaço de si, como quem reserva o melhor de um prato para o final. Eu me entregara por completo e era a primeira vez em sete anos que vislumbrava uma existência sem ele.

Tentei encontrar meu norte, mas sem Michel, os pontos cardeais são nebulosas.

Meu celular seguia desligado.

Papéis trocados, agora era eu – e não Sassou – quem nos impunha a censura.

E nenhum de nós dois saberia em que esfera de poder a tirania do silêncio repousava.

•

Era sábado e não trabalharíamos. Os colegas, que ficaram em casa, me aconselharam a não andar sozinha pela cidade. Ainda assim, fui ao mercado de Poto-Poto.

Não poderia imaginar minha tarde em um quarto cuja janela dá para um pátio escuro. Minha mente em estado de sítio, eu precisava sair daqueles muros e criar minha normalidade em qualquer outro lugar, tal o bicho que faz seu ninho em um vendaval.

Prometi que ficaria bem.

Eles me fizeram jurar que mandaria uma mensagem se precisasse de algo. Não sabiam que eu ainda estava incomunicável. Não conheciam as normas que se aplicavam ao meu mundo.

Naquela manhã, eu tinha acordado com o sentimento de que a condição humana é frágil e algo de ruim aconteceria.

O ar tinha cheiro de conclusões brutais.

Era a primeira vez que andava sozinha em Brazzaville e nada me tiraria esse prazer tão raro. Que minhas pernas ditassem as regras do meu caminhar e me levassem onde bem entendessem – essa era minha única redenção.

Peguei o primeiro táxi que vi passar pela rua. O carro tinha bancos de oncinha, e um para-sol com aquela imagem do Snoopy dançando jazz de braços abertos e os pezinhos tremelicando.

Apesar da ameaça dos últimos dias, no mercado de Poto-Poto só havia espaço para a normalidade dos que não têm tempo a perder. As ruas eram cheias de barracas que vendiam de tudo – meias, eletrônicos, comidas. As lojas exibiam roupas que demonstravam a capacidade das costureiras de cada estabelecimento e cortes de tecidos coloridos de todos os preços para o cotidiano ou para ocasiões especiais.

Comprei um corte de tecido cuja estampa se chamava *tangawisi*. E "gengibre" foi a primeira palavra que aprendi em lingala.

Não sei por quanto tempo flanei pelas ruas movimentadas. Saí do Poto-Poto confiante de que minha sorte me independe. Entreguei-me ao mau pressentimento, provoquei-lhe.

Mesmo sem mapa, decidi voltar a pé.

Atravessei a rua na frente das motos apressadas que fazem curvas sem dar seta.

Pisei em poças d'água de chuvas antigas.

Trombei com militares.

Encarei de volta os homens que me olharam de canto de olho.

Não desviei dos fios de alta-tensão.

Cutuquei insetos que não conheço.

Quis me deparar com um perigo conclusivo, pois intuía que algo ia mal.

Flertei com qualquer tipo de azar. Quis me fazer mal, pois nada me parecia pior do que encarar a verdade: estou sozinha agora.

Quando Michel me pediu para escolher entre o Congo e ele próprio, eu não hesitei.

Ao chegar à casa, liguei meu celular. Vi as mensagens de Leila, uma da companhia telefônica, nenhuma de Michel.

E entendi que a morte anunciada era a de nós dois.

DIA 6

Quando me levantei, Leila estava à mesa do café da manhã. Comia distraidamente um pão com geleia enquanto assistia à televisão do outro lado da sala. Me deu um bom dia carinhoso, como se a afabilidade fosse uma roupa de domingo.

Fiquei feliz que ela estivesse lá. Era o primeiro domingo que eu passava sem Michel e me confortava pensar que não tomaria café da manhã sozinha.

Conversamos um pouco sobre nossas vidas no Brasil.

Leila me contou que não era sua primeira campanha política. Já viajara o Brasil trabalhando com vários candidatos.

Há dois meses ela estava em Brazzaville. Perguntei o que havia para fazer na cidade. Ela me disse que a catedral parecia muito bonita, assim como o passeio à margem do Rio Congo. Além disso, havia um bar, o *La Main Bleue*, onde os *sapeurs* costumam se reunir aos domingos. No entanto, ela não conhecia nenhum desses lugares. Não se arriscaria por um passeio. E recomendou mais uma vez que eu não saísse também.

— Brazzaville é uma cidade pequena. Tem pouquíssimos brancos. Todo mundo aqui sabe que trabalhamos para Sassou e podemos ser alvos fáceis para a oposição. E no caso de Sassou, todos são opositores, principalmente seus aliados.

— E o que você recomenda?

— Que você tome cuidado. E se resolver sair, não fale com ninguém. Nunca, nunca conte que você trabalha para Sassou. Muito menos por telefone, internet. Ninguém. Não confie em ninguém.

— Nem mesmo na equipe?

— Ninguém.

— Posso confiar em você?

Leila pediu licença e foi até o sofá. Pregou os olhos na TV, que passava uma reprise de "Avenida Brasil", dublada em francês.

— Eu perdi alguns episódios quando ela passou no Brasil – comentou, no mesmo tom distraído e afetuoso da manhã.

— Bom domingo, Lê.

— Qualquer coisa, manda mensagem.

— Mando sim.

Na saída, passei por Esengo e Samuel, que tomavam um café na pequena réstia de sombra do meio do dia. Eles me cumprimentaram com um aceno de cabeça, que correspondi, antes de sair pelo portão.

•

A margem do Rio Congo era vasta, bela e vazia.

Uma marquise ladrilhada de domingo à tarde, com pedrinhas de brilhante para ninguém. Uma eterna espera de turistas que nunca vêm, um conjunto de louças guardado na parte alta do armário.

A ponte entre Brazzaville e Kinshasa se resumia a uma horizontal incompleta entre as duas capitais – uma ponte aérea, cinco minutos de voo com embarque no Maya-Maya.

Do outro lado do rio, arranha-céus delineavam a silhueta da metrópole vizinha. É como se Brazzaville fosse de mentira com sua arquitetura asceta de lego soviético.

Um alicerce insinuava a intenção de ponte de concreto entre as duas cidades. As duas capitais mais próximas do mundo, cuja distância parecia intransponível.

Kinshasa é a cidade onde os sotaques são pronunciados demais. Onde a guerra é mais violenta do que deveria. Onde o outro é forçado a se lançar ao rio a nado. Kinshasa é um irmão com problemas impronunciáveis na mesa do jantar. Um vizinho que esconde uma bomba-relógio embaixo do capacho. Enquanto deste lado da fronteira, o filho modelo se orgulha de ter um sotaque parecido com o de Paris.

Esengo me contara que, há anos, uma onda de refugiados viera de Kinshasa durante a guerra em RDC. Lotavam as ruas com a sua similitude perturbadora e seu sotaque dito caricato, tal um espelho sob uma luz branca e forte demais.

E quando um desses vizinhos tão estrangeiros cometeu um crime, esta foi a gota d'água que fez transbordar o rio fronteiriço. E o incômodo que morava nas profundezas veio à tona.

Remigrações em massa. Que voltem pro lugar de onde vieram. Que se quebre o espelho, levando consigo o azar.

Na travessia, os barcos às vezes viravam, mas pouco importava, já que da costa só se veria o seu casco.

As águas do Rio Congo são cheias de *rapides*, redemoinhos traiçoeiros que deram nome ao *Les Rapides*, restaurante em que entrei por engano enquanto buscava o *La Main Bleue*.

E as *rapides* obrigaram muitos dos vizinhos de Kinshasa a fazerem o leito naquele intervalo aquoso, estreito e falacioso entre uma capital e outra. Na curta distância que, vista a olhos nus, era um canto de sereia que lançava às águas os menos míopes.

Entrei no *Les Rapides* sem pedir licença.

Os garçons se perguntavam o que eu fazia ali, parada no deck de madeira, a arruinar a vista da melhor mesa que estava reservada.

Notei a movimentação em torno de mim, mas continuei ali por mais um tempo.

Entendi que, apesar da minha imprudência, não seria expatriada daquele lugar.

Minha pele branca era um passaporte diplomático que me permitia estar naquele território.

Prostrada em frente à melhor mesa, eu tentava enxergar a ponte interrompida.

•

Depois de muito vagar, segui a pé até o *La Main Bleue*.

Quando finalmente o encontrei, os mosquitos já anunciavam o cair da noite, mas o bar estava vazio. A Ngok meio quente saía da geladeira desligada devido a alguma pane no gerador ou ao pessimismo gerencial.

Samuel e eu éramos frequentadores inesperados.

Com a diferença que Samuel era inesperado também para mim, o que não parecia ser recíproco.

— Você me seguiu? – perguntei.

— Eu não tenho culpa se você é previsível – respondeu, com uma empáfia que combinava com seus olhos.

— Quer tomar uma cerveja? – sugeri, fazendo um sinal ao garçom para que trouxesse outro copo. Mas Samuel não se sentou.

— *Madame*, é a primeira vez que você vem ao *Main Bleue* de domingo?

— Também é a primeira vez que você me chama de *Madame*. De repente, conversar com Samuel me parecia um jogo de cartas cujas regras eu não conhecia.

— O *Main Bleue* vazio é uma das coisas mais assustadoras de Brazzaville. As pessoas fazem qualquer esforço para chegar ao *Main Bleue* de domingo – dividem táxi, pegam carona, vêm de outra cidade. Quando ele está vazio, você *sabe* que não deve sair na rua, pois algo de ruim está acontecendo. Você não deveria ter vindo. Principalmente você.

— Por causa de uma manifestação que aconteceu há dez dias? Ou por causa da oposição que supostamente se organiza? Esse medo todo começa a me parecer exagerado.

Eu blefava desaforadamente. Não desdenhava de verdade da prudência de Samuel, só precisava ganhar a rodada. Mesmo com uma mão que me desfavorecia.

Com um movimento de polegar e indicador, Samuel fazia e desfazia cilindros na toalha de mesa improvisada, um *wax* azul estampado com a cara de Sassou-Nguesso. Ao notar que eu encarava suas mãos, encerrou o movimento.

— Quando a gente tem medo, vocês falam que é superstição e quando vocês têm medo, é cautela. Vamos, vou levar você pra casa – disse, ainda encarando o tecido.

— Você não suporta que uma mulher tenha vontade própria – respondi, sabendo jogar minha última carta, uma carta de mico em um jogo de *poker*.

— Manuela, por favor. Você acabou de chegar. Vocês todos acabaram de chegar. Você nem devia saber que este país existia antes de ver Tintim. Isso não é um safari. Ou melhor, é sim. E, para sua segurança, é melhor você ficar quieta e com os braços dentro do carro até a viagem acabar.

Samuel se virou, fez menção de andar em direção à saída.

Hesitou.

— Você deveria sair do país o mais rápido possível. Hoje, trabalhar para Sassou é perigoso – abaixando o tom de voz. – Sassou é perigoso. Eu te espero no carro – pausa. – *Madame*. E aí sim, saiu.

Royal straight flush.

Não sei por quanto tempo fiquei inerte, com esperança que Samuel tivesse ido embora ou que voltasse. Deixei a garrafa cheia e três mil francos CFA em cima da mesa. Saí do bar para descobrir que Samuel me esperava dentro da caminhonete prata, embora seu expediente já tivesse acabado.

— Por que você veio?

Mas Samuel não respondeu.

Sentei ao seu lado em silêncio e assim passamos o trajeto de oito minutos.

Samuel tinha o efeito de um coquetel de todas as drogas que eu já experimentei: um vinho de São Roque. Sete episódios seguidos de *Game of Thrones.* Óculos de um grau maior. Um mergulho a 25 metros de profundidade. Três voltas no Samba da quermesse. Gira-gira com o sobrinho de sete anos. Sirsasana. IMAX. Prozac. MD. Seis colheres de açúcar refinado.

E no dia seguinte, eu acordaria com uma dor insuportável no lóbulo esquerdo e a boca amarga.

Saí do carro. Não me despedi nem agradeci.

Bati a porta e ele acelerou.

O escapamento estava mal regulado e a nuvem de fumaça densa e disforme era eu.

DIA 7

Leila era incansável.

Trabalhava com uma força que parecia independer de seu corpo.

Descartadas todas as hipóteses, assumi que ela vivia tão sem paixão que seus gestos poderiam ser eternos, em um vácuo neutro e sem sobressaltos.

Ela teria uma vida longa, pensei.

Leila tocava os afazeres pequenos ou grandes com a intensidade de um maremoto discreto que destrói ilhas das quais nunca ouvimos falar.

O alto salário e pouca ideologia pareciam lhe dar o combustível necessário para que suas chamas consumissem todos os inconvenientes do ofício de coordenadora de produção. Lidava tranquilamente com os abusos de Alberto, com a antipatia da equipe, com os mal-entendidos dos fornecedores.

Desapaixonada e com a mesa limpa. Era assim que passava seus dias.

Até que naquela segunda-feira, me disse:

— Eu acho que os empregados congoleses preferem você. Eles sentem que você está do lado deles. Já eu, não. Aliás, sei lá de que lado estou. Nunca tinha parado para pensar nisso até você chegar. Acho que, no fim das contas, estou do meu lado. Só do meu – completou Leila antes de voltar à sua planilha de cálculos.

Foi a primeira vez que senti a voz de Leila hesitante, sua existência teria sido mais simples longe de mim. Eu era, mais uma vez, o epicentro de um terremoto que não se aplica à escala Richter destruindo prédios cujos alicerces sempre foram considerados sólidos.

Senti-me uma impostora.

Eu era, ao mesmo tempo, o terremoto e a cidade em ruínas.

Fazia agora uma semana que Leila e eu nos conhecíamos e parecia que nossas peças começavam a se encaixar. Tínhamos definido uma boa dinâmica de trabalho. Ela passaria seu dia em reuniões ao lado de Alberto e outras pessoas importantes. Eu cuidaria das tarefas cotidianas: somar notas fiscais para a prestação de contas, fazer compras, distribuir os salários, buscar as marmitas para a equipe e todas as outras coisas que Leila não queria fazer.

•

À tarde, liguei mais uma vez para a produtora em São Paulo, buscando qualquer esclarecimento sobre meu passaporte, ou a data de meu retorno.

Já havia perdido as esperanças de me comunicar com o escritório de São Paulo, quando recebi uma notificação em meu celular. Em uma mensagem de áudio de três segundos, Roberta dizia:

— O Alberto vai falar com você.

Nenhum pedido de desculpas.

Nenhuma justificativa.

Nenhum "não estávamos sabendo que você faria campanha para um ditador, mas agora é tarde, passar bem".

Nenhum "sinto muito por não avisar que seu passaporte seria confiscado".

Como se a autoridade conferida a Alberto fosse um monólito sagrado, a resposta a todos os problemas.

Às sete da noite, Alberto me procurou.

Sentou à minha mesa sem pedir licença, logo quando eu já havia arrumado minhas coisas e desligado o computador. O privilégio de sua presença não se resignava ao horário comercial.

— Você sabe que o que estamos fazendo é imenso, não sabe, Manuela?

Eu não sabia. Não respondi.

— A Roberta me disse que você queria voltar para São Paulo.

— Quero – respondi.

— Por quê?

— Eu não sabia que trabalharia para Sassou-Nguesso.

— Não trabalhamos para Sassou. Trabalhamos para a Geosil. Defendemos os interesses brasileiros no Congo, trabalhamos para que os dois países cresçam juntos. Ninguém tinha ousado construir hospital aqui antes da Geosil, ninguém tinha ousado construir cisterna. Você não vê a grandeza em tudo isso?

— E por que fazemos um documentário sobre Sassou?

— Isso é só um passo na nossa jornada, Manuela.

— O que você quer, Alberto?

— Fique com a gente até março.

— Mais cinco meses?

— Você terá férias no meio, mal verá a diferença.

— Por que até março?

— São as próximas eleições. Já ganhamos o plebiscito, as eleições serão épicas! Para que Sassou continue fazendo hospitais, escolas...

— Onde está meu passaporte, Alberto?

— Em tramitação para o visto.

— Prefiro voltar para o Brasil no fim do mês, como manda o contrato. Ou antes disso, se possível.

— Não seja infantil, Manuela. Não seria tão mau assim. Dobraremos seu salário.

E saiu.

Eu sabia que Alberto sempre teria a última palavra.

Respirei como se tivesse passado toda a conversa em apneia.

O ar em Brazzaville era denso. Os dias em Brazzaville eram densos.

Não era mais Sassou ou Alberto que me assustavam, mas pensar que participar daquela campanha talvez não fosse tão ruim.

Talvez o bairro nobre de Brazzaville, o afeto comedido de Leila e a curiosidade impudica por Samuel fossem minha vida agora.

E essa quimera de conforto brincava de cabo de guerra com as minhas convicções.

Parece que eu estava pronta a me apegar com todas minhas forças a tudo aquilo que poderia chamar de casa.

DIA 8

Alberto tinha várias reuniões com políticos do alto escalão do governo naquela semana e, por isso, decretou que Samuel ficaria a seu serviço.

Samuel era, dos três motoristas, o mais cínico. Era claro que se opunha aos métodos de Alberto, à sua própria existência.

E ainda assim, Alberto respeitava Samuel como respeitava poucas pessoas.

Soube que havia algo de muito masculino nessa admiração. Algo que eu nunca entenderia completamente. Um enaltecimento das características que garantem a perpetuação da espécie: firmeza, virilidade, confiança.

Senti ainda mais repúdio por Alberto. E preferi imaginar que Samuel não tinha parte naquela prática. Na verdade, era difícil afirmar de que Samuel participava ou não, já que ele tinha uma forma própria de estar e não estar ao mesmo tempo.

Enquanto isso, eu saía em pequenas missões cotidianas com os dois outros motoristas: Olivier e Alain.

Olivier falava muito, era sorridente, tinha os traços arredondados e acolhedores, não era muito maior que eu. Alain também não, mas tinha o queixo protuberante, os olhos caídos e não lembro de tê-lo visto sorrir.

Quando ficava sabendo das tarefas mais enfadonhas (normalmente qualquer uma que dizia respeito a Alberto), Olivier tentava disfarçar seu descontentamento, enquanto Alain protestava em voz alta a quem estivesse ao seu lado. Não se submetia antes de deixar a todos desconfortáveis e nos lembrar que não éramos bem-vindos ali.

Olivier era inevitavelmente preferido pela equipe.

Para mim, tudo isso era indiferente. A minha algesia social crônica só me permitia ver uma coisa em Alain e Olivier: eram pessoas que passariam tempos longos e desconfortáveis ao meu lado durante as jornadas de carro em que não teríamos o que dizer um ao outro. Olivier, Alain e eu tínhamos passados e culturas distintas, mas o constrangimento do silêncio entre dois desconhecidos deve ser universal. Como seres humanos, estávamos programados para interações sociais que se revelariam mais ou menos incômodas.

E só.

Mas foi graças à minha falta de tato para o convívio rotineiro que me aproximei deles. Para todos os trajetos, eu me munia de uma lista mental de temas de conversação.

Buscar gasolina para o gerador falando de comida.

Levar notas fiscais para a Geosil falando da família.

Voltar com envelopes de dinheiro vivo falando do clima.

As mesmas missões que atribuíam pouco a pouco um sentido ao meu trabalho em Brazzaville me levavam a conviver com Alain ou Olivier durante os curtos e médios trajetos.

Pela manhã, foi Olivier que me acompanhou.

Ele me contava banalidades que desanuviavam um mundo novo. Um mundo do qual eu conhecia quase nada, que eu observava de trás dos muros altos de um bairro de alto padrão. De dentro dos carros de vidro fumê.

As histórias de Olivier eram como andar a pé.

Notei que sempre que a conversa desembocava em Sassou, porém, ele se mostrava vago e insípido. Já nos outros temas, era um orador muito didático.

Foi Olivier quem me levou, pela primeira vez, à sede da Geosil. Nós da equipe de comunicação trabalhávamos em um escritório separado, do outro lado da cidade.

O prédio parecia um shopping em uma cidade decadente na qual, de um dia para o outro, as pessoas descobriram não ter dinheiro para gastar em futilidades. Os vidros eram âmbar. A cadeira de tecido puído logo em frente à porta, reservada a um recepcionista, estava vazia. Não havia nenhuma placa ou indicação de que aquele era o prédio da

Geosil. Olhei para Olivier, que confirmou com a cabeça que era ali mesmo que eu deveria entrar.

Ele esperaria à porta.

Na entrada, minha pupila se adaptava à escuridão quando um homem de sessenta e tantos anos pareceu surgir das sombras de uma escada caracol de mármore.

— Bem-vinda, Manuela.

Ele falava enquanto descia os degraus, a apresentação de um vilão em um filme B. Mas, por algum motivo, simpatizei com o homem que se apresentou como Sr. Torres.

Disse que estava me esperando.

Que era ele o diretor financeiro.

Que apreciava minha pontualidade.

Se eu queria um café.

As quatro falas se sobrepuseram e eu só consegui responder à última, antes que outras viessem, tal uma série de ondas no mar agitado.

Depois de servir um café, Sr. Torres me levou para dar uma volta pela Geosil. Era um prédio labiríntico com vários andares que repetiam a mesma estrutura: um saguão no meio, dividido em baias, cercado de salas com portas de vidro. Todas elas escuras.

Todos os funcionários me cumprimentavam em português, como se me conhecessem. Tive uma sensação estranha, que não experimentava desde que saí da minha cidade do interior.

A sensação de que um pedaço de mim tivesse me precedido.

Uma narrativa apressada e descontrolada, construída por desconhecidos, que acarpetava a minha chegada sem nem cogitar que talvez eu quisesse sentir o chão de mármore frio com o peito dos pés nus.

Sr. Torres me explicou que a maioria dos funcionários era brasileira. De uma pequena cidade no interior de Minas, onde ficava a sede da empresa no Brasil. Ele também vinha da mesma cidade. E às quintas-feiras, aquelas dezenas de patrícios costumavam se reunir na famosa boate da sobrinha do Bin Laden para beber uísque importado.

— Mas só os jovens, é claro, eu já estou velho demais para isso – afirmou. – Você deveria se juntar a eles.

— Prefiro morrer.

Pensei. Mas acredito que não tão alto, já que todos ainda me olhavam com simpatia, sobretudo o Sr. Torres.

Logo depois de lhe entregar as notas fiscais e recibos da prestação de contas dos gastos cotidianos e trocá-las por cédulas de dinheiro vivo equivalentes a três meses do meu salário, perguntei onde poderia verificar a situação do meu passaporte.

— No RH – respondeu –, mas eles não trabalham hoje.

Tive a impressão de que a resposta de Sr. Torres tinha algo de empático, como se ele mesmo já tivesse se sentido um pouco prisioneiro ali. Ou ainda se sentisse.

•

— Somos um país rico de pessoas pobres. Os líderes são corruptos, mas o povo é bom. Temos sorte de não ser igual Kinshasa.

Ao final do expediente, Olivier e eu falávamos de banalidades. Já éramos fluentes em uma língua comum.

Olivier gostava de mostrar sua visão sobre o Congo para uma estrangeira.

Pensei que o mesmo me acontecera no Brasil, quando Michel chegara da França e lhe apresentei meus lugares favoritos, músicas mais ou menos alternativas, interpretações políticas mais ou menos enviesadas, comidas típicas que só podem ser feitas em casa.

Permiti que vivesse uma versão do Brasil que era só minha.

Uma versão que eu levei anos para construir.

Uma versão da qual eu estava convicta, mas na qual eu mesma não poderia viver.

E me sentia traída cada vez que este território afetivo que eu nutria com tanto carinho se provava aos olhos de Michel só mais uma ilusão.

Um dos assuntos favoritos de Olivier era o outro Congo, o Kinshasa. Nunca tinha colocado os pés ali, mas tinha ouvido muitas histórias. Aquele pedaço de terra visível e inalcançável o fascinava e causava repulsa como uma casa vizinha que está sempre fechada e cercada com fios de alta tensão, mas da qual ainda se pode ouvir os ruídos.

Não ousei dizer a Olivier que, no Brasil, os dois países eram confundidos ou pior, que muitos desconhecem a existência deste Congo aqui. Poucos se atentam à ironia diferenciadora do D, no nome do país vizinho. Eu mesma descobri há pouco que os dois Congos já foram um.

Pensei em lhe perguntar se seus pais haviam nascido nessa improvável pangeia colonial. Mas decidi que era um assunto maciço demais e que poderia ruir a frágil passarela que começávamos a construir entre nós.

Quando passamos em frente a uma placa escrita em chinês, Olivier mudou de assunto. A presença ostensiva do país asiático parecia torná-lo equidistante do vizinho RDC.

A placa sinalizava uma cratera monumental, ao lado de uma das avenidas periféricas de Brazzaville.

— Já isso é obra dos chineses – comentou. – Eles extraem os minerais e constroem estradas logo do lado, que é pra dar a impressão de que estão usando o material aqui. É mentira. Estão levando tudo pra lá, para a China. Daqui a pouco a gente vai ser obrigado a falar chinês.

— E não foi a mesma coisa com a França? Chegaram aqui, pegaram tudo que puderam, impuseram uma língua estranha?

Silêncio. Até que respondeu.

— Também não é pior do que a campanha que vocês estão fazendo. Nós sempre estamos à mercê. Só muda de quem.

Senti o olhar de Olivier como o de um professor cujo melhor aluno teve que ser reprovado.

Quando passamos em frente à lanchonete do Centro Cultural Francês, convidei Olivier para um suco. Ele grunhiu e estacionou em outro bar qualquer.

No balcão, pediu uma Ngok em lingala
e um copo só.

DIA 9

As conversas casuais pouco interessavam a Alain.

O silêncio não parecia incomodá-lo. Entretia-se insultando os motoristas de táxi que faziam barbaridades no trânsito caótico de Brazzaville.

Dentro do 4x4 da equipe, fazia-se gigante.

Nos Corollas verdes refugados de algum país do norte, outros homens, às vezes muito maiores, resignavam-se dentro de *Benoîts XVI*, *Titanics*, *Chairmans*, *Cuisses de Poulet*, *Sarkozys* e até mesmo alguns raros mas resistentes modelos *Donas Beijas* – apelidos recebidos pelos táxis da cidade. Os carros eram batizados pelo assunto em voga quando chegaram em Brazzaville – de escândalos políticos a novelas brasileiras.

As corridas de táxi custavam mil francos CFA para qualquer lugar no centro da cidade, dois mil até a periferia. Os motoristas corriam apressados para compensar a baixa valia. Nos largos *boulevards* ou nas ruas de terra estreitas e esburacadas, a desordem era norma. Era raro, porém, ver batidas de carro.

Foi quando passamos em frente à Basílica de Sainte-Anne que Alain resolveu quebrar o silêncio. Deixava claro que era ele quem guiava a conversa e não o contrário. Falava baixo, com frases longas e desordenadas.

De caos pensado, notei.

Como em uma estrada sinuosa, obrigava-me a prestar atenção redobrada em suas falas, sem deixar espaço para construir minhas respostas.

Não era, porém, um monólogo.

Alain queria ouvir o que eu tinha a dizer, mas não confiava em mim.

Estava me cansando para que minha resposta fosse a mais sincera possível. Era uma partida de queimada em que ele tinha a bola o tempo inteiro.

Seja no terreno adversário.

Seja no cemitério.

Queria entender quem eu era, de que lado eu estava.

Queria me pegar desprevenida.

Foi quando, de repente, me perguntou:

— Para que deus você reza?

Respondi que era batizada católica, que acreditava na espiritualidade, mas tinha problemas com os dogmas impostos pela religião.

Antes de terminar a frase, entendi que dava uma resposta pronta, pré-programada. O extremo oposto da sinceridade que ele buscava.

Alain também percebeu e se fechou.

— Acho que não tenho nenhum deus – retifiquei.

— Vocês são todos assim de onde você vem?

— Depende. Não, não somos. Mas eu sempre achei que não tinha tempo para Deus – pausa – ou deuses.

Ele ficou em silêncio.

Até que passamos em frente a uma mesquita.

— Você sabe que tem vários muçulmanos no Congo, né? Sei que na França as pessoas falam que eles são radicais, malucos. É uma bobagem. Toda fé tem radicais. Mas talvez a maior maluquice seja não ter um deus.

— Qual é seu deus, Alain?

— Sou evangélico, mas meus pais rezavam para os deuses antigos.

— E o deus evangélico é seu deus?

— É um deus.

— E os outros?

— Quem tem tempo pra eles?

Sorri. Alain não.

Já tinha ouvido falar da presença de igrejas evangélicas em alguns países da África, uma das maiores influências brasileiras em Angola. Lamentei que a Dona Beija não tivesse sido nossa única marca no país quando soube que no Congo, também, o Deus impiedoso do velho testamento exterminava um a um os deuses antigos em nome da suposta fé verdadeira.

Mas esse é só o veredicto de uma agnóstica para quem até o ateísmo parece comprometedor.

Senti uma pontada de inveja de Alain.

Acreditar em um deus era como ter uma casa.

Eu não tinha nenhum dos dois.

Meu deus era lugar nenhum.

•

Hoje foi o segundo dia em que não tivemos energia elétrica no escritório, então boa parte da tarde foi ocupada por viagens até o posto de gasolina para abastecer o gerador.

Leila ficou no escritório, terminando os preparativos da viagem para Oyo, cidade no norte do país. Buscaríamos locações de filmagem na região em que Sassou-Nguesso nascera para simular uma infância simples porém gloriosa.

Sassou era contornado por uma aura mítica.

Qualquer história sobre ele era cochichada: as eleições fraudulentas, a família que detém mais da metade dos bens do país, os feitos de guerra, os períodos de glória ou reclusão.

Todo fato era coberto por uma camada de incertezas.

Um mandato baseado em imprecisões.

Um país regido por um conto da carochinha.

Se fosse cautelosa, não mencionaria o nome de Sassou em voz alta, mas os dias flanando em Brazzaville me trouxeram uma coragem imprudente. A cidade não era um campo minado. Os militares já se confundiam à paisagem. Suas boinas, da vermelha à preta, eram como cogumelos menos ou mais venenosos: deveriam ser evitados mas, de longe, não causariam mal.

Eu queria saber mais sobre Sassou e todos seus apostos: Militar. Presidente. Amin Dada. Chirac. Redentor. Nacionalista. Entreguista. Corrupto. Pai. Pacificador.

Acreditava que conhecê-lo de uma vez por todas justificaria ou condenaria minha estada no Congo. Mas a ocasião nunca me era apresentada. O assunto era contido. As palavras sempre se esquivavam e eu continuava na penumbra, sujeita aos contornos imprecisos da poeira que fica no ar durante a estação da seca.

Alain estava de bom humor. Acabara de saber que não era ele que nos levaria até Oyo no dia seguinte e nem acompanharia Alberto naquela tarde.

— O chefe está em reuniões com a filha do presidente.

— Não sabia que Sassou tinha uma filha.

— Ele tem vários filhos. Essa é a quem cuida da imagem dele, e de várias outras coisas. Chamamos ela de *Madame*. Ele tinha uma outra filha muito mais gentil, mas ela morreu. A casa dela está fechada até hoje, em Oyo.

— Você já viu o Sassou, Alain?

— Não. Nessas reuniões, o chefe sempre leva o Samuel. O coitado não pode nem ver a família nesses dias.

— O Samuel é... casado?

— Não.

— E o que você acha de Sassou, Alain?

— Você preferiu saber de Samuel.

Alain sorriu, vitorioso. Havia descoberto uma brecha na estratégia do time adversário.

E eu sabia que, se tivesse conduzido a conversa em um outro sentido, talvez ele concordasse em falar um pouco sobre Sassou. Mas a simples menção ao nome de Samuel fez com que eu voltasse ao ponto de partida.

Senti-me cansada.

Tão cansada.

De repente, Alain mudou o caminho e passamos em frente a uma casa abandonada. Em sua fachada, muitas marcas de bala.

Ao lado, uma tenda de militares em vigília.

— Seja discreta, mas olha bem pra esta casa – disse Alain.

— O que tem ela?

— Olha bem pra ela.

Ele fez um retorno e voltamos ao escritório. Sabia que deveria agradecê-lo, mas ainda não entendia por quê.

•

Quando cheguei ao escritório, Leila estava de bom humor. O técnico havia consertado a rede elétrica da casa, estava tudo pronto para a viagem do dia seguinte e eu tinha lhe comprado um pacote de cigarros.

— Vamos embora? – propôs. – Amanhã saímos cedo para Oyo.

Dispensamos Alain e decidimos voltar a pé naquela noite.

Àquela altura, eu já tinha esgotado meu repertório de palavras-chave em pesquisas sobre a casa cheia de tiros, tão importante a ponto de monopolizar cinco ou seis soldados. As charadas de Brazzaville pareciam incógnitas aos algoritmos do Google.

Me rendi e perguntei a Leila o que havia acontecido naquela casa. Ela estranhou minha pergunta:

— Quem te falou dela?

— Ninguém, passei em frente hoje à tarde.

— Mas ela não fica no caminho até o posto.

— Uma rua estava fechada, tivemos que fazer um desvio – menti.

Leila olhou para os lados e cochichou, embora estivéssemos sozinhas no escritório.

— Foi a sede da oposição em outros tempos. As tropas do governo cercaram a casa, atiraram. Acho que não houve sobreviventes.

— E a casa ainda está ali para servir de exemplo?

— E os militares, para que ninguém tire fotos.

Leila apagou seu cigarro.

— Vamos? Estou exausta e ainda preciso fazer minha mala.

A distância entre o escritório e a casa era menor que 500 metros, mas sempre fazíamos o trajeto de carro supostamente por razões de segurança. Ou de ar-condicionado.

Leila e eu andávamos e caminhar de volta do trabalho nos devolvia a normalidade da qual havíamos sido privadas. Cercadas por muros altos e conduzidas por profissionais qualificados, a simplicidade tornou-se um luxo inacessível.

Eu sabia que ela precisava desta caminhada tanto quanto eu.

Mas essa suspensão no tempo-espaço interrompeu-se quando fomos abordadas por um homem massudo e corpulento.

Ele usava uma camiseta em que estavam estampadas três letras garrafais, um *OUI* verde limão. O *OUI* fora símbolo da última campanha eleitoral bem-sucedida de Alberto: o plebiscito que legalizara a reeleição de Sassou com mais de 90% dos votos.

— As senhoritas estão sozinhas?

Respiramos fundo.

— Indo encontrar nossos maridos – respondeu Leila com naturalidade, sabendo o que se aprende desde cedo: um homem só respeita a outro.

— Vocês não têm maridos.

Nos entreolhamos. Em uníssono silencioso, repetimos a mesma pergunta: "de onde ele nos conhece?"

— Um marido no Congo não deixaria sua mulher andar sozinha na rua – ele completou.

Por um segundo respiramos aliviadas. Nosso anonimato não estava ameaçado, embora nossa situação ainda fosse grave.

Seguimos andando, com passos firmes.

Ele também.

Tirei discretamente o celular do bolso e, em um ato instintivo de destruição da espécie, escrevi para Michel: "me ajuda". Enquanto isso, Leila teve o mesmo reflexo e, em um gesto muito mais racional, enviou nossa localização a Carlos, que supostamente já estava na casa.

Então, como se nos submetêssemos ao mesmo comando silencioso, nos colocamos a correr.

Ouvimos os passos ocos do homem que nos seguia, no mesmo ritmo.

Mais uma rua e chegaríamos em casa.

Corremos.

Ao virar a esquina, gritamos para que Esengo abrisse a porta.

Esmurraçamos com força o portão de ferro.

Em nenhum momento, olhamos para trás, como se a visão daquele homem fosse a da Medusa que nos paralisaria.

Ou de Poseidon que a violou.

Esengo abriu e nos esparramamos porta adentro.

Pela primeira vez, Leila e eu nos abraçávamos.

Por trás dos ombros de Leila, porém, notei uma coisa que até então me passara despercebida: Esengo anotava as entradas e as saídas em um caderno. Nomes, horários, observações.

Pensei em comentar com Leila, mas ela me abraçava com firmeza exagerada, como se eu fosse um bote salva-vidas.

Mas eu também estava à deriva.

•

Antes que eu pudesse fazer qualquer pergunta a Esengo, notei o carro de Samuel estacionado em nosso pátio.

Leila foi até o andar de cima para fazer as malas e avisar a Carlos que estávamos bem.

Samuel andou em minha direção, e todos os músculos do meu corpo se contraíram, como se sua presença fosse um tétano inoculado. Sentia que, ao me olhar, ele buscava em mim alguma coisa que eu temia ainda não ter descoberto.

— O que você tem, Manuela?

— Como assim?

— Você parece abalada. O que está acontecendo?

— Você tem a noite toda?

Samuel abaixou a cabeça e riu. Riu com aquele seu jeito particular de rir: abaixava a cabeça e a balançava em negativa, como se reprovasse aquilo de que também acha graça. Como se as duas coisas viessem invariavelmente juntas.

Foi quando Carlos chegou com um engradado de cervejas e convidou Samuel para jantar. Era a noite de despedida de Tomé e Virgínia, que partiriam para um mês de férias no Brasil. Pela primeira vez, passamos uma noite despreocupada, rindo, falando de política e outras bobagens.

Samuel e Carlos eram os únicos com quem eu poderia concordar: não achavam que a presidenta do Brasil era uma cadela. Acreditavam que os países europeus tinham que se reparar com as colônias. Mas Samuel calava quando o assunto era a política do Congo.

O Congo sobre o qual nós, brasileiros, falávamos com leviandade, mesmo que em francês, sentindo-nos protegidos pela Babel do bairro dos estrangeiros de Brazzaville.

Nossos vizinhos, por exemplo, eram chineses. Dezenas de trabalhadores em uma dessas grandes casas-dormitório alugadas pelas empresas. À noite, alguns jogavam cartas, outros comiam, conversavam, riam. Pareciam um pouco conosco, eu disse.

Tomé discordou veementemente.

— Imagina!

Afinal, eram mais de trinta pessoas em uma casa e não tinham problemas em ficar nus na frente uns dos outros.

Ao que Virgínia acrescentou, indignada:

— Nus em frente à janela que dá para a *minha* sacada – pausa. – Já vi vários bigulins – era seu argumento irrefutável.

Rimos, sem concordar ou mudar de opinião.

No nosso caso também, o isolamento e um pouco de álcool formavam laços. Mesmo que nossas diferenças fizessem com que a linha já estivesse rota desde o começo, a ponto de se desfazer.

Sei que nunca mais verei essas pessoas quando voltar ao Brasil. Elas são estranhas ao meu mundo. Mas ali, os habitantes daquele pequeno enclave brasileiro representam toda a intimidade que eu tenho.

Eles – e Samuel.

Samuel dormiu no sofá da sala.

Passei metade da noite desejando que ele batesse à porta.

E metade da noite desejando que ele não estivesse mais ali quando, irremediavelmente, eu o procurasse no meio da madrugada.

DIA 10

10:30 Mensagem recebida de Michel:
"Manuela, está tudo bem?"

10: 31 Manuela "Tudo bem. E com você?"
10:32 Michel "O que foi aquela mensagem que você me mandou ontem?"
10:34 Manuela "Nada, tudo bem. Pode ficar tranquilo, me desculpe."
10:36 Michel "Tem certeza?"
10:45 Manuela "Tenho."
11:00 Manuela "Estou com saudades, como você está?"
11:02 Michel "Bem."
11:03 Manuela "Tem certeza?"
11:04 Michel "Por que você só me escreve quando está na merda?"
11:05 Manuela "Não é verdade" (apaga) "Me desculpe."
11:06 Manuela "Você é a única pessoa em quem confio."
11:06 Michel "Eu não sou seu porto seguro, Manuela."
11:09 Michel "Eu sou seu namorado."
11:09 Michel "Quer dizer"
11:09 Michel "Era."
11:11 Michel "Você ficou uma semana sem dar notícias e, do nada, escreve que está precisando de ajuda. Me conta de verdade o que está acontecendo e talvez a gente tenha uma chance."
11:12 Manuela "Tem muita coisa que eu não posso contar. Tenho medo."
11:14 Michel "Medo de quê?"
11:15 Manuela "Vamos deixar para conversar pessoalmente?"

11:16 Manuela "Preciso de mais uma chance."

11:17 Manuela "Preciso de mais uma chance." – mensagem não enviada

— Manu, pode parar de olhar esse telefone? Nem tem sinal de internet na estrada.

— Que horas chegamos em Oyo, Leila?

— Não sei – respondeu Leila, se virando para Samuel. – Que horas a gente chega em Oyo, Samuel?

— Por volta das 16h.

— *Merci!*

16:30 Michel "Tirei suas coisas do meu apartamento. As caixas estão na portaria."

DIA 11

Viajamos até o departamento de La Cuvette à procura de lugares que ilustrariam a locução já gravada por um narrador, descrevendo os primeiros e extraordinários passos de Denis Sassou-Nguesso. Embora nos alojássemos em Oyo, o vilarejo natal do presidente fica em Edou, alguns quilômetros ao norte.

Nos hospedamos em um dormitório da Geosil, um posto de extração mineral onde as máquinas faziam um barulho constante – um monstro insone, enérgico, basculante.

Na primeira noite, não consegui dormir.

Não que o barulho me incomodasse tanto. Sofria de uma ansiedade tardia, pensando na estrada sinuosa que nos levara até Oyo. Atrás de cada curva, a carcaça de um carro acidentado não recolhido. Atrás de cada curva, um indício que minha carne é perfurável, tetanizável, trespassável.

Passei a noite acordada a prever minha própria *causa mortis* naquele território. Fazia uma necrópsia mental, um processo lento e trabalhoso que me deixaria com profundas olheiras no dia seguinte.

As carcaças dos automóveis na estrada me faziam vislumbrar meu próprio cadáver, inconvenientemente estirado durante dias, anos, devido a uma falha no serviço de gestão das autovias. Pelas feridas expostas nas carrocerias ocas, era possível tirar certas conclusões: capotamentos, incêndios, engavetamento, derrapagem.

Naquela noite, a lataria era minha própria pele.

Sentia-me exposta como se já estivesse morta e a morte fosse uma invasão de privacidade. Meu último momento, uma narrativa incontrolável. Denunciaria os pormenores da maneira como eu vivia. Um retrato inoportuno tirado na hora errada.

E exposto para sempre.

Fiz a lista de tudo que me seria letal ali: a estrada, a malária, o ebola, a milícia, o excesso de repelente na circulação sanguínea ou o excesso de spray para ambientes de morango usado para cobrir o cheiro de mofo do quarto em que eu tentava dormir.

Curiosamente, não listara como ocorrência fatal o rompimento com Michel, embora parte de mim sempre tenha sentido que – quando o momento chegasse – meu corpo não aguentaria o choque afetivo.

Mas eu estava enganada.

Então talvez também estivesse sobre todas as outras mortes.

E sobreviveria.

Ou talvez agora mesmo me engane e parte de mim morreu sim depois do término.

E ao remexê-la, eu seria acusada de vilipêndio de cadáveres, transformando o dramalhão da minha vida em um filme de zumbis.

Um filme *indie* de zumbis.

Com mortos-vivos que têm outra motivação além de comer cérebros.

Mas não o tempo todo.

•

Pela manhã, pudemos ver o terreno lamacento do campo de extração da Geosil, coberto por algumas lajotas em pedra que facilitavam o trânsito de pessoas. Leila e eu dividíamos um quarto em uma das casinhas destinadas a abrigar os funcionários.

Samuel dormiu na casa de uma tia que vive em Oyo e voltaria às oito em ponto para que saíssemos a buscar vilarejos que fingiriam ter feito parte da infância de Sassou.

Decidimos tomar café da manhã no alojamento, passando por bombeadoras colossais, britadeiras incansáveis, trabalhadores em botas de borracha. Sentíamos um ou outro olhar mais incisivo, o que me pareceu normal, visto o isolamento daquelas pessoas e a novidade que representávamos.

Quando soubemos que o café da manhã só seria servido até as sete e meia, corremos para o refeitório.

Leila fez uma careta quando colocou o pão borrachudo na boca, e eu ri quando dei um gole no suco de amarelo com gosto de bala Juquinha.

Foi quando levantei para pegar café que notei mais uma característica peculiar daquele microcosmo.

Ou melhor, uma não-característica.

A falta de um denominador comum.

Coincidentemente foi no mesmo momento em que a copeira, a única mulher de todo o alojamento, fez um gesto para que eu me apressasse: a garrafa térmica com café logo seria guardada de volta na cozinha.

•

Eu nunca havia estado tão perto da linha do Equador. Em Oyo, chovia como se dali viessem todas as águas do mundo. Era como a chuva das cinco da tarde em São Paulo que paralisa toda a cidade, embora em Oyo, a vida seguisse inabalável.

A chuva era a própria cidade.

Samuel também parecia imperturbável, não vestia seu terno habitual, mas calças e sapatos impermeáveis. Como se não desejasse ser ele próprio inoportuno à chuva. Nos cumprimentou com a formalidade de sempre.

Perguntei se não deveríamos esperar que a chuva passasse.

Ele riu.

Leila correu até o carro, tentando não se molhar. Samuel e eu a seguimos. Ela se sentou no banco da frente, com uma lista de vilarejos que deveríamos visitar.

Partimos em direção a Edou. E, quanto mais avançávamos ao norte, maior era a decepção de Leila. Muitas das casas eram feitas de concreto e os telhados, de acrílico. Muito diferentes do vilarejo "idílico e primitivo" descrito no *briefing* de Alberto.

Samuel perguntou a Leila o que ela buscava e, por fim, nos explicou que seria muito difícil encontrar um vilarejo próximo a Oyo com casas de pau a pique e telhados de fibra natural. Durante seu mandato, Sassou havia investido muito no departamento de La Cuvette.

— É o lugar onde ele nasceu, terra Mbochi, onde falam a sua língua. E as pessoas daqui queriam casas cômodas, de concreto, que resistem às chuvas e com paredes isolantes. Como todo mundo – afirmou Samuel.

— E como ficou o Sul? – perguntei.

— Lá vocês devem encontrar os vilarejos tradicionais que tanto procuram.

— A gente não pode filmar a infância de Sassou em um vilarejo do Sul.

— Precisamos achar esse lugar *hoje* e *aqui* – respondeu Leila, contrariada.

Pediu que Samuel parasse no próximo vilarejo. E no próximo. E no próximo.

Apesar da chuva, Leila descia do carro correndo, falava com os raros homens que aceitavam sair debaixo de seus telhados de acrílico. Eu a seguia. Leila lhes explicava que buscávamos casas tradicionais, que faríamos um documentário sobre a vida de Sassou. Ao ouvir o nome do presidente, os habitantes arregalavam os olhos como se ouvissem falar do próprio cristo. Ou anticristo. E então, com um sorriso, nos conduziam até o carro e se desculpavam por não poder ajudar.

Seguíamos cada vez mais ao norte e repetíamos o mesmo discurso, sem nenhum resultado. No final, estávamos encharcadas e exaustas.

Enfim, protestei.

E no último vilarejo, Leila me disse que ficasse no carro.

Ela desceu, apressada.

Leila sumiu em meio à tempestade. Ficamos Samuel e eu olhando a chuva.

Permaneci em silêncio no banco de trás.

A chuva espessa formava uma cortina do lado de fora das janelas.

Para nos ouvirmos, seria necessário elevar a voz.

Elevar a voz além do tom das sutilezas de tudo que tínhamos para nos dizer.

Então, ficamos em silêncio.

Do lado de dentro, o vapor condensado de nossas respirações cobria o vidro de uma fina camada anuviada.

Desenhei a primeira coisa que me veio à mente:

um pinto.

Vi que Samuel me observava pelo retrovisor. Esboçava-lhe um meio sorriso quando Leila entrou no carro e me vi obrigada a transformar o falo em nariz, contornado por um rosto.

— O que você está fazendo? – perguntou Leila.

— Não está claro? – respondi. – Um desenho de Sassou!

Samuel não conteve o riso.

— Não se parece com ele – contestou Leila.

— O que você acha, Samuel?

— Que o melhor retrato possível de Sassou é um desenho de pinto disfarçado – respondeu.

— E facilmente apagável – completei, enquanto esfregava o vidro com a manga da minha blusa.

Rimos.

•

No alojamento, as casas idênticas eram dispostas em duas fileiras. No meio delas, uma estrutura coberta e arredondada lembrava um coreto. Por sorte, Leila havia memorizado o número daquela em que dormíamos, já que eram todas iguais.

Entramos.

No quarto, o cheiro de mofo coberto pelo spray artificial de morango parecia potencializado, mas não conseguimos abrir a janela ou a veneziana de madeira, seladas por meses de variação climática.

Apesar disso, o quarto era estranhamente acolhedor.

Sentamos, cada uma em sua cama.

Leila disse que eu deveria aproveitar para descansar enquanto ela trabalhava em seu relatório e enviava alguns e-mails.

De repente, ela respirou fundo e começou a tossir, como se sentisse pela primeira vez o cheiro do mofo ou do morango.

Entre um acesso de tosse e outro, disse que a tomada do lado da sua cama não estava funcionando e pediu para testar a que ficava ao meu lado.

Sentou-se na minha cama, conectou o carregador à tomada, sem perceber que seu celular não estava ligado à outra ponta. Estendi-lhe um copo de água que estava na cabeceira e, de súbito, seu ataque de tosse cessou.

— Manu – disse, despejando as palavras com conta-gotas – eu não sei o que fazer. Eu sabia que precisávamos vir para Oyo para planejar as filmagens do documentário, mas não sei qual é o segundo passo. A verdade é: eu não faço a menor ideia do que a gente tá fazendo aqui.

Foi uma péssima ideia. Péssima. Quando o Alberto me pedir o relatório da pesquisa de locações vou estar de mãos abanando.

— Lê... Foda-se o Alberto.

Leila me encarou, atônita.

— Como assim? Ele é nosso chefe.

— Mais um motivo.

— Manu, eu tô tão cansada.

Puxei o cobertor que estava dobrado aos nossos pés. Era um daqueles cobertores de pelos sintéticos, com estampas carregadas e bordas costuradas com cetim. Me fez pensar na casa da minha avó e talvez tenha despertado a mesma memória em Leila, porque ela se deitou ao meu lado e logo adormeceu.

•

Acordei com um sobressalto. Leila estava trabalhando em seu computador, animada. Havia conseguido abrir a veneziana. Já era noite. Olhei no relógio – eu tinha dormido por quatro horas inteiras.

— Vamos sair comer uma pizza? Estou com fome e depois preciso preparar uma reunião importante.

No rosto de Leila, vi que os ventos tinham mudado. Ela me contou que havia recebido um e-mail de uma autoridade ligada a Sassou. Uma resposta que esperava ansiosa. Ele poderia nos ajudar com a produção do filme e gostaria de nos encontrar no dia seguinte.

Seu sorriso largo não combinava com seu rosto anuviado. Como se ela usasse um par de óculos escuros emprestados ou tivesse cortado a franja pela primeira vez.

— Olha só, a tempestade deu uma trégua – ela comentou, apontando para a janela.

— Vou tomar um ar antes de sairmos, pode ser? – respondi.

Lá fora, cheirava à chuva e Samuel fumava embaixo da marquise. Reparei que os pilares eram cobertos por plantas trepadeiras muito bonitas e floridas, destoantes do resto daquele alojamento que parecia cuidadosamente projetado para o desconforto.

A brasa alcançava distraidamente o seu filtro. Samuel já estava ali há um tempo.

Andei até ele enquanto as primeiras luzes se acendiam dentro das casas que contornavam o pátio. Seu olhar acompanhava cada um dos meus passos e não pude sustentá-lo. Tive dúvidas se poderia sustentar meu próprio corpo.

— Bom dia, bela adormecida.

— Tão óbvio assim?

Samuel traçou uma linha pelo meu rosto, seus dedos a poucos milímetros da minha pele, desenhando a marca do lençol. Próximos o suficiente para que eu sentisse o cheiro de tabaco solto.

Não pude deixar de reparar na linha diagonal que ele próprio exibia entre a testa e as têmporas. Retive minhas mãos junto ao corpo, mas meus olhos percorreram sua cicatriz de maneira tão ou mais invasiva.

Samuel abaixou os olhos, ergueu os ombros fazendo-se muito alto, fora de meu alcance em uma maneira muito própria de resguardar a si mesmo.

— Sinto muito, eu...

Perdia terreno.

Samuel escalou todos os jogadores da defesa e impedia meu avanço. Mas enquanto ele arquitetava uma revanche, eu precisava transformar a quadra em salão de baile, tirá-lo para dançar e garantir que sou eu quem conduzo.

— Como foi sua tarde, Samuel?

— Normal.

— Espero que você tenha encontrado um bom lugar para almoçar.

— Sim.

Calei. Abaixei os olhos.

Samuel deu um meio sorriso, balançando a cabeça em sinal negativo. Deixava-se cair em uma evitável armadilha.

— Almocei na casa da minha tia – completou. – Comemos *saka-saka*.

— Aquele prato com as folhas de mandioca?

Samuel não respondeu.

Tirou um pacote de tabaco do bolso. Uma folha de seda. Seus gestos calmos e precisos. Alongados. Propositalmente alongados. Concentrado em sua missão, parecia querer me expor ao constrangimento de não fazer nada enquanto ele sim estava entretido.

O constrangimento dos que não bailam.
Estendia o tempo como se não fosse a mesma pessoa que em seguida estendeu a mão.
— Quer um? É de tabaco cultivado por um primo.
Passou-me o cigarro e o acendeu no momento preciso.
Samuel me desestabilizava, um passo que não conheço conduzido por um estranho.
E que ainda assim consigo dançar.
Traguei.
— Você é uma péssima fumante – riu.
— Oi?
— Você não engole a fumaça direito. É desperdício de bom tabaco.

Samuel tragou seu cigarro, inspirou pelo nariz e soltou a fumaça pela boca, formando círculos. Vagarosamente. Divertia-se com sua didática inoportuna.

— Foi um ótimo dia – disse. – Pude ver a tia que cuidou de mim desde que eu tenho esse tamanho – a mão na altura das minhas coxas. Pedi o isqueiro e reacendi o cigarro já apagado. Traguei. Inspirei pelo nariz e soltei a fumaça pela boca. Vagarosamente. Repeti seus gestos de maneira caricata.

Ele observava de canto de olho.

— Feliz? – perguntei.

— Satisfeito – ele respondeu, sorrindo.

Deixava-se conduzir.

Ou achava que conduzia. O final era o mesmo.

Articulávamos juntos o próximo passo quando Leila chegou de repente.

— Boa noite, Samuel.

— Boa noite, Leila.

— Vamos logo, Manu? Ainda preciso preparar a reunião com o Ngoma na volta.

O rosto de Samuel turvou-se. Quis perguntar quem é Ngoma, se Samuel o conhecia, mas antes que eu percebesse, Leila me puxava pelo braço em direção ao carro.

— O que foi isso? – ela cochichou, com um sorriso malicioso.

Estava de bom humor.

— Isso o quê?

Leila riu. Tentei disfarçar.

— Vamos logo? Estou com fome.

— Me espanta que ainda tenha apetite depois de comer Samuel com os olhos.

Não respondi.

— Quem é Ngoma?

Ela não respondeu.

DIA 12

— Quer uma roupa emprestada? – Leila fez uma careta quando me viu sair do banho, pronta para a reunião com Ngoma. Ela estava parada em frente ao espelho embutido no armário, comparando duas blusas sobre o busto nu.

Era tudo que eu sabia sobre Ngoma: alguém que merecia que as roupas fossem escolhidas com zelo.

Nossa reunião seria no Alima Palace, um hotel cinco estrelas em Oyo.

Pisquei algumas vezes ao entrar no saguão. Me cegavam os milhares de cristais do lustre que desembocava sobre a recepção, a fina camada de ouro que cobria os corrimãos, o tapete vermelho e dourado tão limpo que parecia reservado para aquela ocasião.

Contornei o tapete ao me dirigir à recepção. Eu era a imagem de tudo que não pertencia àquele lugar.

Meu tênis de caminhada comprado em uma loja de fábrica acumulava uma poeira simbiótica.

Minhas meias já não eram brancas.

Minha calça de Tactel levava algumas manchas permanentes e outras que eu finjo que são.

Minha blusa de manga comprida foi originalmente um presente a Michel, comprada em algum *outlet* da Hering que não aceita trocas.

Eu inteira cheirava a repelente. A umidade fazia com que a metade de cima de meu cabelo ficasse colada à testa, enquanto a metade de baixo se revoltava em cachos não-concêntricos.

Já Leila usava uma roupa elegante, mas que lhe caía muito mal. Como se seu corpo tivesse mudado de configuração desde a última vez em que se vestira assim.

Não cabíamos ali.

À entrada, porém, fomos atendidas com muita cortesia e, em seguida, acompanhadas ao sofá muito branco, em que esperaríamos por Ngoma.

Leila disse que Samuel poderia tirar a noite de folga, voltaríamos ao alojamento de táxi e precisávamos que ele estivesse descansado para retornar a Brazzaville no dia seguinte.

Nesse instante, foi o olhar de Samuel que me curou da cegueira causada pelo brilho do Alima. Foi ele que me devolveu à estranheza do mundo. À estranheza de ser aceita onde eu não pertencia. Onde eu não deveria pertencer.

Ser branca era como portar um casaco de pele luxuoso.

Um casaco de pele muito raro de um animal extinto que eu teria caçado sem autorização.

Minhas roupas puídas, minha atitude descomplicada eram quase uma pirraça, uma afronta que acentuava o abismo entre nós.

Era o exibir ostensivo de meus privilégios.

Quis rasgar as minhas roupas, mas até a minha nudez seria vista como uma excentricidade e eu seria coberta com um lençol de linho.

Quis rasgar minha pele até me tornar carne viva.

Da mesma carne sob a pele negra de Samuel.

Ele, que precisava legitimar-se, camuflar-se atrás de uma postura altiva, de trajes caros, de um linguajar formal – como se passasse a vida a pegar paletós emprestados em restaurantes de luxo, paletós que não foram cortados para o seu corpo, com o qual ele teria que ter um cuidado extremo para não manchar de molho, no qual ele sentiria um perfume impostor. E constante.

Mas só esse paletó lhe abriria as portas

e ele o portaria

até que o paletó se torne sua própria pele.

E quando Samuel tocou em meu ombro, entendi que o abismo entre nós era formado de camadas e camadas de outras peles, uma estrutura construída por séculos de epidermes estiradas, classificadas, hierarquizadas.

E ouvi sua voz como se viesse de muito longe.

— Tome cuidado, por favor.

Balancei a cabeça com gestos largos para que, mesmo do outro lado do abismo, ele pudesse me ver. Tentei pegar em sua mão, mas Samuel já havia partido.

Leila e eu sentamos no sofá de couro branco. Ela olhava insistentemente em direção à porta. Não falava muito. Remexia-se, impaciente.

Ngoma chegou com vinte minutos de atraso e quando o vimos entrar, soubemos que deveríamos nos levantar.

•

Antes mesmo que Leila acenasse, Ngoma andou em nossa direção.

Era o tipo de homem que esperava ser cumprimentado. Vestia uma capa bege e bem cortada, combinando com seu terno bege e bem cortado.

Senti um calafrio ao apertar sua mão.

Sem cerimônias e sem esperar uma resposta, perguntou quem éramos e o que estávamos fazendo ali em Oyo.

Mesmo que o desprezo em sua voz fosse um alívio, manti-ve-me alerta.

Sentados à recepção, ele falou e falou por muito tempo.

Notava-se que era alguém muito importante, pois esperava ser ouvido quando falava de coisas desimportantes.

Leila e eu passamos a nos alternar entre sorrisos e acenos falsamente interessados.

Sabíamos que era ele quem deveria sugerir que fôssemos até o restaurante do hotel. Passar à mesa significaria passar a falar de coisas relevantes.

O nome de Sassou ainda não havia sido citado. Nem o documentário.

Meu corpo colado ao de Leila, eu já sentia movimentos involuntários na sua perna direita, como se nela se concentrasse toda sua aflição. Ngoma falou pelo que me pareceram horas, o tempo dilatado pelo vazio em meu estômago. Acho que nos testava.

— Dirigimo-nos ao restaurante? – ele sugeriu, enfim.

O salão era amplo e bem iluminado. As mesas eram redondas e largas, cobertas por toalhas de linho bege e equipadas com muitos – muitos – talheres. No meio de cada uma delas, um arranjo de flores frescas. Notei que todas as mesas estavam arrumadas, embora vazias. O que também pareceu ser a condição do hotel.

Ao fundo do salão, em um canto isolado, uma das mesas tinha uma placa de *réservée*. Seguimos Ngoma, que andou até ela.

— Esta mesa sempre está reservada para mim. Aqui ficamos mais à vontade.

Olhamos o cardápio. Nenhum dos pratos custava menos de 40 euros. Enquanto eu estudava as opções vegetarianas, Ngoma fez a gentileza de escolher nossos jantares. Três peixes com fufu.

— É o que eles têm de melhor – explicou.

A comida já levava mais de hora a ficar pronta. Ngoma contava suas proezas ao lado de Sassou, aproximava-se aos poucos do tema que nos havia levado até ali.

Falou.

E falou.

E falou.

E quando não tinha mais do que se vangloriar, nos ameaçou.

Primeiro, ele chamou a garçonete.

Disse, em um lingala grosseiro, algo que não entendemos e que fez com que ela se apressasse em direção à cozinha.

Então voltou-se a nós.

Embora trocada a língua, o tom era o mesmo.

— O presidente não gostou de saber que duas *mundelés** estão investigando a vida dele. Por isso concordei com esta reunião, mesmo tão em cima da hora.

— Mas Senhor Ngoma, nós trabalhamos para a comunicação do senhor presidente – replicou Leila. – O documentário é para a campanha dele (era a primeira vez que Leila assumia em voz alta). Achei que o senhor nos ajudaria. Alberto me disse que havia lhe explicado nosso trabalho, o benefício que ele trará à imagem do Senhor Sassou-Nguesso.

— Vocês sabem que não são as primeiras *mundelés* que bisbilhotam na vida do presidente?

— Senhor – interrompi, sem desejar saber o fim da história – o que recomenda que a gente faça? Porque na prática fomos contratadas pelo seu presidente – respondi com uma assertividade que me caía tão mal quanto aquela camiseta puída.

Ngoma me ignorou, chamou a garçonete e fez mais um pedido em lingala. Agora, tinha um tom sério e cordial.

---

*Pessoa branca, com características de origem europeia.

— É inadmissível um serviço tão ruim – não sabia se ele falava do restaurante ou de nós.

Leila respirou fundo e concordou, balançando a cabeça.

Pedi licença e fui ao banheiro em passos rápidos. Tive uma sensação repentina: era observada.

Peguei meu celular, pensando em chamar um táxi e sair dali o mais rápido possível, mas estava sem sinal. Quando saí do banheiro, uma pessoa bloqueou minha passagem. Gritei.

— *Mademoiselle*, me desculpe por assustá-la. Eu só queria me desculpar pela demora no serviço. Não queremos irritar alguém tão importante como o senhor Ngoma. Por favor, diga a ele que não fique descontente.

Tentei controlar as palpitações que me bloqueavam as cordas vocais.

— Afinal... Quem é o senhor Ngoma? – falei alto demais, como quem arromba uma porta que acredita trancada.

Ela arregalou os olhos.

Sorri, tentando disfarçar.

Ela não.

— Eu... eu falo com ele. Claro. Fique tranquila – respondi.

Quando cheguei à mesa, Leila e Ngoma estavam em silêncio. Sentei-me. Ao longe, a garçonete trazia dois pratos e uma sacola para viagem.

— Por causa de vocês eu estou muito atrasado para uma reunião com a *Madame* – disse Ngoma, referindo-se à filha do presidente. E então pegou a sacola da mão da garçonete.

Leila tentou se desculpar, mas ele continuou.

— Anotem o número de telefone de meu assistente – ordenou antes de começar a enunciar uma sequência de números que Leila registrava apressada em seu celular. – Vocês vão contratá-lo amanhã e, a partir de então, ele as acompanhará a todos os lugares. Entendem? Vocês nunca, *nunca*, devem dar um passo sem a companhia dele.

A proposta me parecia absurda. Pensava em como recusá-la quando uma visão me roubou o bom senso. À porta do restaurante, Samuel nos observava, os ombros contra o batente.

Leila permanecia em silêncio. Eu sentia uma raiva descabida daquele homem que nos ameaçava em seu território.

— Senhor Ngoma... – ele me encarou, enfim. Eu estava pronta para negar sua proposta, dizer que tudo aquilo era um absurdo, que o grande culpado por tudo era Alberto, que ele sim deveria ter dito a Sassou que estávamos fazendo um filme sobre sua vida, que não precisávamos de uma babá, que quem era ele afinal para falar assim conosco, que quem era ele afinal?!

Mas

o olhar de Samuel

o olhar de Samuel tinha algo de chefe de orquestra quando abaixa as batutas e pede

silêncio.

Não era a hora de soar um instrumento tão visceral.

— A garçonete pediu que eu transmitisse suas desculpas pela demora no serviço – completei a frase.

Ngoma me respondeu com um gesto de mão, como quem afasta um inseto e se virou para ir embora.

Hesitou por um momento.

Virou-se de volta.

— Aquele homem está com vocês? – apontava para Samuel.

Leila olhou para trás.

— É nosso motorista, mas era para ser sua noite de folga – respondeu.

— Certo. Tenham uma boa noite, *mesdames*.

Quando Ngoma passou pela porta, Samuel deu um passo para trás para ceder a passagem. Mas não liberou o espaço todo

apenas o

suficiente

para que

Ngoma

passasse

pela

porta

virando um pouco o corpo de lado.

O peixe no prato me encarava espinhoso, colérico, inteiro, intacto.

Cuidando de digerir as ameaças de Ngoma, resignei-me ao fufu, cuja consistência me pareceu acolhedora. Leila e eu jantamos evitando o olhar uma da outra. Até que ela engasgou com um dos espinhos do peixe que se atreveu a comer.

•

— O que você tá fazendo aqui? – questionou Leila, quando cruzamos com Samuel à porta.

— Achei melhor vir buscá-las. Fiquei com medo de que não encontrassem um táxi.

Ele andou em direção à saída e nós o seguimos.

Leila sentou-se no banco de trás. Ela olhava pela janela com a desatenção melancólica de alguém que procura um gato fugido há três semanas.

Samuel tinha os olhos colados no caminho, embora as ruas estivessem vazias.

Algo de muito grave acontecia. Algo que pertencia a um pedaço de seu mundo em que eu não era bem-vinda. Inacessível. O lado invisível da lua.

Paramos em um semáforo.

No centro de Oyo, os *outdoors* por fora da única casa iluminada indicavam a residência da falecida filha de Sassou-Nguesso. Cartazes cintilantes com sua foto a condenavam a acenar aos passantes
noite e dia
pela eternidade.

As imagens já estavam desbotadas, mas a pintura da casa era nova. Ela só é aberta uma vez por mês para a manutenção e depois fechada de novo.

Algo naquela cena acordou em mim um tipo raro de tristeza. Uma criatura abissal, que vive onde já não há mais luz.

De repente, senti um toque estranho, inesperado.

Minha mão estava entre a de Samuel.

Ele a segurava com força como se também seu corpo fosse arrastado para o fundo.

Mas foi ele quem me fez emergir.

Nos encaramos, surpresos.

Reconheci naquele toque tantos outros toques. Eu estava no banco de passageiros do meu avô que me levava para a escola. Eu estava no banco de passageiros do meu pai em sua visita semestral. Eu estava no banco de passageiros do meu primeiro namorado, que me levava para a faculdade depois de uma noite em sua cama de solteiro. Eu estava no banco de passageiros do Michel na volta daquela viagem pelo Tarn em que ainda gozávamos da sorte dos amantes recentes e descobrimos, por acidente, o melhor pêssego do Sul da França. E eu quase podia ouvi-lo cantar:

Quand ma petite est dans la place
Plus de pébrons aux alentours
Tous les conos perdent ma trace
Et les ennuis vont faire un tour.[*]

Naquele momento, Samuel era todos os homens que eu já havia amado um dia. Deitei-me sobre seu braço e, quando o sinal ficou verde, nossas mãos diligentes se soltaram como por vontade própria.

Ainda que quisessem

fundir-se.

•

Quando chegamos de volta ao alojamento, Leila disse:

— Sinto muito por tê-la exposto ao Ngoma.

Não respondi.

Ela ficou ali, parada por alguns segundos, antes de ir para o quarto.

Assim como Leila esperava de mim algum conforto, eu olhava para fora, esperando que Samuel viesse fumar um cigarro sob a marquise.

Eu sabia que não conseguiria dormir. Sentia meus músculos em blocos maciços, meus nervos de concreto endurecido e ligamentos de ar-

---

*Quando a minha pequena está por aqui
Os imbecis vão embora
Eles me perdem de vista
E os problemas me dão uma folga
(*Quand ma petite est dans la place*, de Massilia Sound System)

gamassa. Construía um muro nas fronteiras do meu corpo e qualquer tentativa de pegar no sono seria extremamente desconfortável.

Caminhei pelo pátio vazio.

Dentro das casas, as luzes acesas revelavam sombras, silhuetas. Já passava da meia-noite, mas de fora, ouviam-se ainda as vozes e risadas abafadas pelas paredes finas. Francês, português, lingala. Seria um pátio de Babel se uma característica emoliente não uniformizasse aquelas vozes. Eram graves, masculinas – vozes que evoluíram biologicamente para serem melhor ouvidas que as das mulheres, um homem me explicou uma vez.

Em uma das casas, as vozes cessaram de repente. A porta se abriu. Um homem colocou a cabeça para fora. Grunhi um "boa noite" em português. Ele não respondeu.

Senti um arrepio, invadida pelo mais comum dos sentimentos: ser mulher é imprudente.

No escuro, voltei ao meu alojamento em passos firmes e rápidos. A ameaça de Ngoma tamborilava em minha mente.

Passos igualmente firmes e rápidos me seguiam.

Até que senti um toque em meu braço.

— Vim ver se você estava bem. O Ngoma pode ser perturbador.

Pus-me a chorar.

Todas as minhas células tremiam. Um terremoto espontâneo para derrubar o muro maciço recém-construído.

Samuel pegou em minha mão, disse estar fria.

Tirou seu paletó e o colocou sobre meus ombros.

Era a primeira vez que eu vestia o paletó de outra pessoa. E mesmo que ele não tivesse sido cortado para meu tamanho e levasse um perfume que não era o meu:

— Lhe cai bem – ele disse.

— Pareço um *sapeur?* – tentei sorrir, enxugando as lágrimas

Ele não respondeu.

Abraçou-me em silêncio.

Éramos carne viva.

DIA 13

No dia seguinte, Leila me disse um bom dia engasgado em tudo que pairava entre nós.

— Dormiu bem? – perguntou.

Em resposta, misturei três colheres de café instantâneo em uma xícara de água quente. Leila me esperou, paciente, com a mala pronta pendurada ao ombro.

— Quer um café? – estendi-lhe a xícara.

Ela deixou a mala cair no chão e abriu um meio sorriso. Pegou a chaleira com água quente e fez um chá. Não falamos da noite anterior e não lhe contei sobre o encontro com Samuel.

— Vou avisar Samuel que logo saímos.

— Não precisa, Manu. Ele vai estar pronto – sorriu entre a fumaça que embaçava seus óculos. – A não ser que você queira lhe dar bom dia.

Tomei de um gole só o café já morno, peguei minha mochila e saí.

Ele já estava pronto ao lado do carro. Quando me viu, veio em minha direção, pegou minha mochila e a guardou junto com os equipamentos que nem chegamos a usar.

— *Mboté*, Manuela – era a primeira vez que me cumprimentava em lingala.

— *Mboté* – respondi. – Samuel… Obrigada por ontem, e…

— Não foi nada – pausa. – Sabe, vocês não deveriam se meter com Ngoma.

— Você o conhece?

Silêncio.

— Samuel, você se colocou em perigo indo até o Alima?

— Eu fiz o que tinha que fazer.

— Não foi o que eu perguntei.

— Que tipo de homem eu seria se deixasse vocês lá?

— Que tipo de homem eu seria se não me preocupasse com você? – respondi.

Samuel riu.

— Seu trabalho não é me proteger, *madame*. O meu sim. A seu dispor – reverenciando-se de maneira cordial.

Senti todos os meus nervos em ebulição.

Nos encaramos. O inferno dos meus olhos refletido nos dele e vice-versa. Samuel sabia me transportar para o círculo mais profundo, habitado por criaturas ferozes, lobos em pele de cordeiros ainda vivos. Ele me puxou para si e, no instante seguinte, tudo fez sentido. Meu corpo se encaixou no dele. Nossas línguas tentaram em vão alcançar os demônios que viviam em nossas gargantas e se orquestraram em trítonos. Suas mãos seguraram minhas coxas em uma fricção perfeita e soube que éramos mais bem feitos que uma escultura de Camille Claudel.

A Porta do Inferno ou o Beijo.

Nos afastamos de súbito.

Ao longe, Leila andava em nossa direção. Esperamos do lado de fora do carro, os músculos crispados. Samuel a cumprimentou e carregou sua mala.

— Posso ir na frente, Manu? A estrada é muito sinuosa.

— Muito sinuosa – sussurrei.

— Oi?

— Claro, pode ir.

Sentei-me no banco de trás. Samuel regulou o retrovisor.

Fiz uma careta e ele sorriu, reprovando minha imprudência. Sorri de volta.

Por todo o caminho, era para mim que apontava o espelho.

Não sei interpretar Samuel.

Ele tampouco.

Somos crianças com um brinquedo novo cujo manual está numa língua que não conhecemos.

Que faltem as pilhas ou não

ainda não nos importa.

Nos fascinam as cores.

O cheiro de plástico recém-desembalado.

Todo o potencial contido naquele pedaço de expectativa.

•

Samuel dirigia concentrado na estrada, nos carros da frente, nas curvas acentuadas seguidas de cadáveres de carros acidentados. Eu já sabia que, quando dirigia, Samuel não respondia às minhas tentativas de começar uma conversa.

Duas horas depois, o sol estava a pino e paramos por alguns minutos em uma barraca à beira da estrada. Samuel foi buscar algo para comer que não nos propôs. A comida local era mais um desses tabus. Dessas fronteiras intransponíveis. Nenhum branco comia comida de rua. Nenhum branco falava lingala. Nenhum branco se vestia com *wax*. Nenhum branco vivia sem gerador. Nenhum branco se envolvia com os locais.

Não ousei dizer que queria experimentar a comida. Contive-me em minha margem do mundo.

Samuel voltou sorridente. Até mesmo Leila se impressionou. Poucas vezes o havia visto tão feliz, o que também cobria seu rosto de um aspecto vulnerável. Segurava um punhado do inesperado deleite ofertado pelo vendedor.

— O que é isso, Samuel? – perguntou Leila.

— São larvas, *chenilles*. Minha mãe as cozinhava quando eu era pequeno – nas mãos de Samuel em cumbuca, as larvas verdes se moviam em uma expressão discreta de vida.

— Vou fritá-las mais tarde, fica uma delícia. Vão querer provar?

Leila riu do absurdo da proposta. Eu tive um frisson de mal-estar. Não só pelas larvas, mas agora também por Samuel. O corpo que mais havia me atraído nos últimos dias me causava uma leve repulsa. Eu lutava contra aquele sentimento que parecia povoar meus músculos pouco a pouco. Sentia que subia pelos dedos dos pés, passando pela panturrilha. Era um sentimento familiar: a pessoa desejada perdendo o primeiro encanto. Era a carroceria do carro novo se arranhando, a porcelana quebrando em dois.

Nada que não fosse reparável. Nada que voltaria a ser como antes.

Eu não podia, eu não queria deixar aquele sentimento tomar conta de mim. Não agora, não tão cedo. Mas eu sabia que ele era inevitável, aparecia sempre ao primeiro sinal de vulnerabilidade.

Enquanto me debatia para que as mil patas do desencanto voltassem ao fundo da terra, fiz um inventário: com Michel, aconteceu quando o vi pela primeira vez nu sob a luz branca de um provador de roupas. Com Júlia, quando vomitou na rua depois de uma noitada. Com Marcelo, quando disse que me amava. Mas não havia tempo para terminar aquela arqueologia afetiva.

Para isso, teria que desconstruir alicerces podres, mas ainda sólidos. Em um espasmo, tentei impedir que o sentimento terminasse sua trajetória. Quando ele já povoava meus dedos, peguei uma das larvas vivas da mão de Samuel, a coloquei na boca ainda se agitando e a engoli.

Leila e Samuel me olharam, incrédulos. Ele sorriu como se entendesse o que acabara de acontecer. Ri junto com eles, assim que a larva liberou meu esôfago.

Ele suspirou ao meu ouvido, não sem roçar seu lábio em meu rosto.

— *Tu es complètement folle.*

Coloquei minhas mãos em sua face, como um transmissor. Nossos corpos agora habitados pela eletricidade da última pulsão vital daquele sacrifício insólito. Não sei quem beijou quem ou se nos beijamos de fato.

Permitimos que Leila percebesse. Nos permitíamos e mal sabíamos o quê. Voltamos ao carro. Leila se sentou à frente. Samuel deu a partida. Do banco de trás, eu tiritava uma melodia que não existe com os dedos em seu pescoço.

E então veio a tempestade.

Tudo aconteceu muito rápido: a freada, o embate com o oficial, o soco, os gritos, o silêncio de farda.

•

Quando dei por mim, o carro estava parado no acostamento.

Leila estava aos berros já do lado de fora enquanto um homem de uniforme camuflado analisava seu celular.

Outro, de boina vermelha, imobilizava Samuel.

— O que está acontecendo? – gritei

Leila tremia, suas palavras saíam turbulentas.

— Eu estava tirando uma foto da paisagem e, quando me dei conta, esses imbecis pegaram meu celular.

— A *madame* deveria saber que fotografar uma autoridade pública configura um crime – respondeu um dos homens que tinha o celular de Leila em mãos – e andar com um idiota desses configura burrice – apontando para Samuel.

Enquanto ria da piada de seu colega, o homem que segurava Samuel afrouxou a tensão em seus braços. Por alguns segundos, ele conseguiu se mexer, mas logo foi imobilizado de novo.

Protestei, enquanto separava algum dinheiro.

— Senhores, tenho certeza que minha colega não tinha a intenção de fotografá-los, estava admirando a paisagem. E quanto a Samuel, adoraríamos que liberasse nosso motorista para que possamos voltar para Brazzaville. Apenas nos digam como podemos agradecer, por favor.

O homem de boina vermelha riu. Poucas coisas são mais assustadoras do que o riso eufórico de um homem fardado.

— Samuel? Que nome ridículo você inventou.

Samuel evitou meu olhar e eu também. Inacessível. O lado invisível da lua.

Tirei algumas notas de cinquenta mil francos CFA da pochete da produção e as estendi ao oficial que segurava Samuel. Em um gesto abrupto, o guarda o empurrou e prendeu meu pulso, enquanto contava as notas.

— Você não é burra. Para uma *mundelé*.

Passou metade do dinheiro para seu colega que, em um mesmo movimento, recolheu as notas e devolveu o celular a Leila.

Saímos o mais rápido que pudemos.

O carro em movimento, Leila me abraçou do banco da frente, um abraço incômodo, mas inevitável. Quando estávamos ao lado de Samuel, costumávamos conversar em francês, mas a adrenalina chamou nossa língua mãe, acalorada e acolhedora, de braços abertos, feliz por estarmos a salvo.

Leila fez um telefonema. À pessoa do outro lado da linha, não disse o que havia se passado.

Mas disse que o simples contato com aquela voz lhe trazia alento.

Acariciei o ombro de Samuel.

Queria expressar o mesmo sentimento, mas não saberia convertê-lo em palavras.

Ele segurou minha mão com força.

Vez ou outra trocávamos olhares inquietos ou aliviados pelo retrovisor.

E assim seguimos viagem, conversando com a voz de outras pessoas, em uma língua que não existe.

Rascunho de um e-mail não enviado a Michel

Homens são acácias
que se comunicam pelas raízes
pelos não-ditos
involuntariamente
ao menor sinal de desatenção.

Eu nunca havia imaginado uma vida sem você. Ainda não tenho certeza do meu caminho. Sinto um desamparo como se suas amarras fossem também um cinto de segurança.

É estranho pensar que sem você me sinto livre e, ainda, cada passo pesa como se amarrado a uma bala de canhão.

Mas preciso seguir.

Ainda na estrada, quando vi os contornos de Brazzaville e o primeiro indício de 3g na tela do meu celular, vi também sua mensagem:

"O que *ahca* de conversarmos?"

A grafia denunciava sua leviandade.

Primeiro desconfiei de Samuel. Involuntário, distraído.

Homens são acácias.

Você havia deixado claro que o fim era definitivo. Que cada quilômetro que eu me afastasse rebentaria os laços entre nós.

Não que Samuel tenha lhe contado sobre que houve entre ele e eu. Ao contrário.

Havia um acordo tácito entre vocês dois
e todos os homens do mundo
no qual eu sou um simples objeto.
Um pacto cujas prerrogativas afirmam que – desde que meu corpo
toque o corpo de um outro – o anterior despertará. E voltará. Mesmo
que tudo esteja terminado. Mesmo que o indizível tenha sido dito.
Um contrato cuja força supera a das partes envolvidas.

Ainda que conversássemos, sei que não posso te dizer tudo. Sei que
os fios estão grampeados, que eles estão de olhos e ouvidos atentos.
Não posso te falar que tenho medo, não posso te contar que fomos
ameaçadas, não posso te jurar que quero voltar para casa. Não posso
te confessar que conheci Samuel e tudo está mais complicado agora.
Que eles censurariam meu afeto, eu não acredito. Mas eu já não sei o
que sinto. E isso talvez me dê mais medo do que Ngoma, Sassou, os
militares e a suposta equipe de homens atentos que lê meus e-mails.

E foi esse meu medo que você sentiu.

Temos um contrato cuja força supera a das partes envolvidas

você e eu

somos acácias
cujas folhas começam a ser consumidas pelos fungos
ou pelo descuido.

DIA 14

Em Brazzaville fomos almoçar no restaurante do Hotel Olympic, onde o assistente de Ngoma nos encontraria. Logo o avistamos. Ele tinha uma elegância metódica e a portava com a mesma altivez. Um pupilo que superou o mestre.

Amadou usava um terno cinza claro, impecável. Embora o restaurante estivesse cheio, sabíamos que era em sua direção que deveríamos andar.

— Bom dia. Senhor Amadou? – Leila acenou.

Amadou se levantou. Estendi minha mão e, por um momento, achei que ele a beijaria.

Mesmo que ele tenha apertado minha mão com firmeza, foi um sentimento incômodo. Quase tão incômodo quanto o resto de saliva que eu enxugaria disfarçadamente em minha camiseta.

— Sim, *mesdames*. Estão atrasadas. Seus nomes?

— Eu sou Leila e essa é a Manuela. Encantadas.

— Sim, encantadas – repeti.

Pedimos nossos pratos e, enquanto aguardávamos, Amadou também se gabou de sua proximidade com Ngoma, com a filha do presidente e até mesmo com Sassou-Nguesso. Vendeu-se como se tivéssemos escolha.

Não tínhamos.

Ngoma havia sido categórico – Amadou deveria nos acompanhar. O tempo todo.

Ao informar o valor de seu cachê, porém, Amadou pareceu consciente de sua indispensabilidade.

Antes de terminarmos a sobremesa, ele chamou um táxi e nos acompanhou até o escritório. Pediu que lhe mostrássemos as dependências. Apresentou-se para a equipe. Algo no seu jeito de existir nos anulava.

Algo em sua presença nos tornava submissas e todas as horas pareciam um beijo na mão um pouco úmido, que dura mais do que deveria. Assim seriam meus dias.

•

Precisava ver Samuel.
À noite, consegui desvencilhar-me de Amadou e ir sozinha ao bar do Centro Cultural Francês para comer fufu. Enviei uma mensagem para Samuel, perguntando se ele queria se juntar a mim.
Enquanto esperava meu prato, não tirei os olhos do portão para ver se ele entrava.
Ou do celular para saber se Samuel respondia.
Ao mesmo tempo cuidava para dissimular um olhar distraído, caso ele de súbito chegasse.
Assim se passaram intermináveis minutos:

Portão. Celular. Ponto de fuga.

Quando Samuel chegou, eu já estava na metade do prato. Aproximou-se da mesa sem me cumprimentar e, ainda de pé, riu: eu era a única branca que gostava de fufu.
— Os *mundelés* não costumam comer, dizem que não tem gosto de nada – justificou.
— Eu gosto! Parece uma massinha de modelar – afirmei, tentando parecer distante.
— E você comia massinha de modelar?
— Eu não posso te responder isso.
Samuel não perguntou por que, sabia onde eu queria chegar. Ainda de pé, ele se preservava em uma ausência incômoda que deixava minha saliva com o gosto acre de algo que eu já tinha vivido.
— Não seria justo – completei. – Nós dois sabemos que qualquer detalhe que eu diga agora sobre minha vida vai fazer com que você se apaixone um pouco por mim. Vai fazer com que pense em mim a cada vez que você cheirar massinha de modelar. Considerando que eu não sei nada sobre você, nem mesmo o seu nome, isso não seria muito esportivo da minha parte.

— Você é impossível, Manuela.

— E você é incompleto.

Samuel se sentou com o encosto da cadeira de costas à mesa. Olhou para os lados.

Primeiro para o portão.

Depois para o celular.

Então, para um ponto de fuga.

— Você sabe que eu não posso te contar tudo.

— Quem é você – pausa –, Samuel?

— Seu motorista – com um gole só, Samuel esvaziou minha Ngok.

– E nossa relação deve ser estritamente profissional. Os riscos não valem a pena.

De repente, Samuel parecia não pertencer àquela postura estranha. Tudo que fora natural tornou-se inadequado: a textura do fufu, o gosto da Ngok, o rosto de Samuel, meus gestos.

Afastei o prato.

Samuel pegou na minha mão, mas logo a soltou, como se ela tivesse espinhos ou uma corrente elétrica. E com o mesmo impulso que me repeliu, levantou-se, virou-se e foi embora.

•

No caminho de volta para casa, senti uma raiva na qual não cabia. Andava sem olhar o chão com passos rápidos e descuidados. No entanto, não torci o pé na calçada esburacada, não tomei choque nos fios de eletricidade soltos, nem mesmo fui seguida por um táxi verde com bandeira dois.

Os deuses protegem os coléricos.

Quando cheguei em casa, ninguém esperava por mim.

Tomé e Virgínia estavam de férias. Carlos e Leila deitavam-se cedo.

Antes mesmo de me cumprimentar, Esengo preencheu mais uma linha em seu caderno registrando quem entrava e quem saía.

— Para que é essa lista, Esengo?

— Boa noite, *madame*.

— Esengo, me deixa ver esse caderno, por favor?

— Não posso *madame*, são ordens de cima.

— Eu tenho o direito de saber o que você anota sobre nós, Esengo.

— *Madame*, é só o horário de saída e entrada de cada um.

— E os comentários que você escreve?

— São ordens de cima.

Tomei seu caderno.

— Quem é *de cima*, Esengo?

Estava próxima, muito próxima a Esengo. Era maior que ele – que já se fazia menor na presença de qualquer pessoa.

— Me desculpe, Esengo – disse-lhe, devolvendo o caderno.

— Tudo bem, eu entendo. Você deve estar com saudades da família.

— É, é isso mesmo. Me desculpe mais uma vez. Boa noite.

— Boa noite, *madame*, descanse.

Quis achar que a raiva que sentia era de Samuel.

Mas ela era só minha.

Meu coração palpitava, como se quisesse voar.

Meu interior inteiro em expansão

eu não cabia nas arestas daquele corpo.

Eu não queria caber.

Tive vontade de rasgar a pele do rosto com as unhas curtas e deixá-lo se putrefazer lentamente.

Tremia.

Com o canto do olho, percebi um movimento familiar.

Uma barata subia pela parede que dividia a sala e o corredor.

Encarei-a. Tive o ímpeto de estraçalhá-la com o turbilhão que me consumia. Precisava de uma redenção.

Mas o medo me paralisou

a mim e à barata.

E assim ficamos por alguns minutos nesse jogo de estátua. Nos encarando.

E minha última derrota do dia foi ter movido um músculo perceptível apenas a mim e ao inseto que, triunfante, subiu até o forro.

Dormi mal porque era comigo que deitava, quando precisava mesmo era estar sozinha.

DIA 15

Acordei com os calcanhares formigando e reconheci a sensação de um presságio ruim. É o que normalmente sinto ao antever a aparição de uma barata – um pressentimento perfeitamente adaptado à minha existência de medos vulgares e perigos inventados.

Às sete da manhã, todos já estavam de pé encarando a TV ligada. Na metade da tela, o *Bataclan*. Na outra metade, o *Le Petit Cambodge*. E um letreiro contava os mortos: 113 até então.

Quando viu que eu entrava na sala, Leila veio em minha direção.

— Tudo bem com seus amigos na França?

— O que aconteceu?

No letreiro, 114.

Corri de volta para o quarto e peguei meu celular.

— Todos estão bem? – perguntei assim que Michel atendeu o telefone.

— Sim, sim, tudo bem. Todos estão a salvo – sua voz seguia tranquila. A voz de Michel estava sempre tranquila. – E você, como está?

— E isso é importante agora?

— Para o mundo, não. Para mim, é. Senão não teria te perguntado.

— Eu sinto sua falta – eu disse.

Ele não respondeu.

— Quem foi? – perguntei.

— Quem foi o quê?

— Que cometeu o atentado.

— Parece que foi o *Daesh*. O Hollande disse que vai dar uma resposta.

— Que tipo de resposta?

— Militar.

— Promete que fica no Brasil, Michel?

— Quê?

— Promete que não volta pra França? Eu não quero que você seja mandado pra guerra.

— Não vai ter guerra, Manu.

— E se tiver?

— Eles não vão chamar os professores que nem prestaram serviço militar.

— Está tudo mudando, Michel. A gente não sabe do que serão feitas as próximas guerras.

— De terceiro mundo, como sempre foram. Infelizmente. A não ser que o mundo esteja acabando.

— E se ele estiver? – perguntei.

Michel suspirou.

— Por que você não respondeu minha mensagem, Manu?

Então fui eu que calei.

— Manu, o que você não está me contando?

Não sei se Michel se referia a Samuel. A Sassou. Aos grampos no telefone. À imoralidade do meu ofício. À oferta de trabalho de cinco meses muito bem remunerados. Senti que ele tinha desvendado todos os não-ditos no intervalo de meu silêncio.

— Estou tentando voltar – hesitei.

— E eu estou cansado. Cansado do seu silêncio. Foram sete anos, Manu.

— Foi você quem terminou comigo.

— Foi você quem resolveu partir.

— Michel, eu não posso te dizer nada agora. Confia em mim. Conversamos na volta, se você quiser.

— Não. Eu preciso saber o que você está fazendo. Ou é melhor não nos falarmos mais.

— Você nunca respeitou meu silêncio.

— Sem mim você não tem mais ninguém.

— *Au revoir, Michel.* Se cuida.

A conversa ao telefone me deixara com o coração estranhamente leve ao mesmo tempo em que o horror daquele dia o rasgava, tal o cerol que corta a linha de uma pipa e faz com que ela voe para longe.

Muito longe.

E senti passar todo o dia como se meu coração também tivesse voado para longe.

Muito longe.

E onde antes havia palpitação, agora só restava o vazio.

•

Quando saí de casa, Esengo me cumprimentou.

— Que horror o atentado lá no seu país. Não dá mais pra voltar pra lá, não é seguro.

— Sim, foi um horror. Mas eu não sou da França, Senhor Esengo. Sou brasileira.

— É verdade, sempre esqueço. Seu país está um pouco melhor então. Acho que eu até iria para o Brasil, para o Rio de Janeiro, mas... Lá tem muito roubo, não tem?

— Até tem, mas...

— Imagina, eu estou andando pela rua lá no Brasil e alguém fala "Olha ali, um preto, vou roubar o relógio dele". E aí levam meu relógio.

Ergui os ombros.

— Esengo, essa não é nem de longe a maior violência que um negro sofre por lá.

Esengo sorriu.

— Manuela. Eu vivo em um pedaço do Brasil aqui nesta casa. Sei muito bem como somos tratados lá. Se for pra passar por tudo isso, me deixe pelo menos o sonho de ver Copacabana. Tudo bem? – a última frase em português.

Assenti.

— Você tem que ficar aqui no Congo. Aqui é seguro, o Congo é bom.

— Como a gente diz no Brasil: *le monde est bon, Sebastion* –, mas não consegui sorrir.

Esengo tampouco.

— Só se for pra você, Manuela. Tenha um bom dia.

— Bom dia, Esengo.

Esengo voltou-se ao seu caderno e anotou minha saída.

O dia passou lento, entre um afazer e outro, sob o olhar constante e vigilante de Amadou, que trabalhava na mesa ao lado.

Fui inundada pela vontade de voltar para casa, mas a única casa que eu conhecia era Michel.

E esta já não havia.

•

Ao final do dia, os jornais já anunciavam 130 mortos.

Era noite quando voltei para a casa.

Todos já estavam em seus quartos, então fui direto para o chuveiro. Enquanto me secava, notei que cinco baratas bem recheadas me esperavam à saída do boxe.

Ainda nua, criei uma nuvem de veneno em spray sobre elas. Elas resistiram. Eram agora bolinhos de asco ambulantes cobertos por um merengue tóxico.

Corri até o quarto e fechei a porta. Com todas as minhas roupas, cobri as frestas. Reticente, abandonei a toalha e busquei meu pijama sem tirar os olhos da porta.

Sobre uma blusa de inverno estrategicamente posicionada no canto esquerdo inferior da porta, uma barata desafiava os muros em minhas fronteiras. Livrou-se das últimas espumas que lhe cobriam a carapaça e entrou triunfante no quarto, como quem diz:

— Você não está no controle.

Eu não estava.

Resignada, pedi a Carlos que me ajudasse a matá-las.

Sei que Michel diria: você não será livre até enfrentar seus medos.

Ou ainda: o medo é uma construção que garante o lugar dos privilégios.

Mas para acabar com o medo seria preciso acabar com tudo.

DIA 16

Não fui trabalhar naquela manhã.
Meu corpo inteiro doía como se quisesse encolher
regredir
voltar no tempo.
Peguei um táxi até o escritório da Geosil.
Estava determinada a recuperar meu passaporte, uma passagem de volta, minha vida antiga de volta.
Ou algo parecido.
A jornada pelo Congo já não tinha sentido – um desejo marginal e incompreensível. Como todas as minhas jornadas, pensei.
Eu levava a vida como uma ave engaiolada, sibilando entre um poleiro e outro sem entender por quê.
Apenas para não ficar parada.
E a combinação aleatória desses poleiros
a perseguição ávida de um desejo infundado após o outro
era o mais próximo que eu conhecia
da liberdade.
— Já estamos cuidando do seu caso – afirmou uma das mulheres com uma camisa branca em tecido sintético e grandes brincos de argola.
O departamento de RH da Geosil fica em uma sala sem janelas. Todos se sentam em torno de uma grande mesa, como se estivessem em reunião o tempo inteiro. Mas entre eles há um amontoado de computadores, pastas, papéis, rinhas.
Saí de lá com mais uma promessa de resposta contabilizada em dias úteis quando me deparei com Sr. Torres. Ainda que a casualidade de sua presença me parecesse encenada, fiquei feliz em vê-lo.

Mais uma vez, me ofereceu um café, que eu aceitei de bom grado. Desculpou-se por só poder oferecer café solúvel.

Respondi que me acostumava.

— A gente se acostuma com tudo – ele afirmou, enquanto sua careta ao primeiro gole o desmentia.

Ao contrário dos funcionários do setor de contabilidade, que dividiam uma mesma sala compartimentada, ele tinha um escritório só pra si. Com paredes de vidro. Isolado o suficiente para ouvir os próprios pensamentos e integrado o suficiente para saber de tudo que acontecia na empresa.

Era Sr. Torres que aprovava as contas e os gastos. E, apesar de sua alta posição, fazia questão de analisar todas as notas e conferir todos os recibos da empresa. Um a um. Atribuí o excesso de zelo ao tédio.

E talvez à indiscrição.

Ele dizia que as notas fiscais e recibos contavam histórias. Sentia que conhecia cada um ali dentro da Geosil pelo simples fato de analisar suas faturas.

Mesmo que ninguém lhe dirigisse a palavra.

— É normal que seja assim, Manuela. Nenhum desses jovens quer saber da vida de um velho ranzinza – resignava-se.

A parede de vidro do Sr. Torres formava uma fronteira translúcida com a grande sala compartimentada da contabilidade.

Sempre que precisava passar por ela, eu apertava o passo. Todas as pessoas que trabalhavam ali vinham da mesma cidade do interior em que a empresa foi fundada. Eu não as conhecia. Não saberia dizer o nome de um só funcionário. Mas, para mim, eles evocavam traumas adormecidos, a cidade pequena de onde eu passara a vida a fugir.

E para onde eu sempre voltava, onde quer que estivesse.

Eram para mim metonímia: cabelos alisados, roupas engomadas, maquiagens pesadas, comentários misóginos, vozes altivas.

Tudo que me rejeitou desde a primeira infância e eu passei a rejeitar de volta desde que minhas pernas encontraram uma rota de fuga. Desde que um azar irreversível assinara minha atestação de ostracismo.

A divisória de Sr. Torres funcionava como uma parede de chumbo contra o que me era radioativo. E seu escritório, um consulado dos descabidos, em que pude me refugiar com as minhas diferenças.

Sr. Torres parecia precisar de ouvidos atentos.

Eu precisava de um asilo.

— Eu ainda uso cheques – ele afirmou –, não só porque acho mais seguro. E acredite em mim, eles são. Mas porque posso escrever nos canhotos. Eu poderia contar toda a história da minha vida pelos cheques que usei. Eu guardo todos. Mas nos últimos anos, eles só me contam que tenho ido jantar sozinho. Em bons restaurantes, claro. Só gasto meu dinheiro com futilezas. Não tenho para quem deixá-lo.

— Futilidades – corrijo.

— Claro, me desculpe.

— Mas futilezas é bonito, o fútil não deixa de ser um tipo de sutileza.

Sr. Torres levantou sua cabeça e me olhou pela primeira vez. Até então falava à sua xícara de café.

— Posso te contar uma história? – perguntou.

A vida de Sr. Torres era uma série de erros, de enganos. Ele tinha mais de sessenta anos de idade. Era engenheiro, era bem-sucedido, nascido no interior, vivido em São Paulo, formou-se na POLI, teve uma carreira, um carro do ano, uma mulher, duas filhas.

Mais tarde, foi demitido, deixado por seus chefes, em seguida por seus amigos, em seguida por sua mulher, em seguida por suas filhas, que hoje lhe dão por morto.

Teve que voltar para o interior, para a antiga casa da família. Ficou desempregado por um tempo.

Por sorte, encontrou com um velho conhecido que se associava a uma empresa – a Geosil. Uma firma multinacional com sede em uma cidade do interior. Sr. Torres tentou parecer orgulhoso, mas já não lhe restava nenhum brio. O amigo o contratara como diretor financeiro. Há cinco anos está na empresa. Três, em Brazza.

— Eu até poderia tirar férias, viajar, voltar para o Brasil. Mas pra quê? Pra quem?

Era um homem triste.

Agora, ele encarava de novo a xícara vazia. Esvaziado também, ou melhor, despedaçado como um balão que foi demais enchido.

Eu não sei se comecei a falar para suprir o abismo entre nós.

Ou para salvá-lo do abismo em que ele tinha caído.

Ou para saltar em queda livre.

Mas quando dei por mim, falava.

Falei como se Sr. Torres não estivesse ali, como se fosse só um anteparo que justificasse meu discurso.

Falei de tudo que tinha até então calado.

Falei de tudo que não me era permitido.

Falei que não aguentava mais trabalhar para um ditador, para uma empresa corrupta, para um diretor ególatra.

E quando terminei

Sr. Torres disse:

— Deu minha hora.

Recolheu minha xícara de café ainda meio cheia e me convidou a sair, não sem antes beijar minha mão, deixando um contorno de saliva.

Perplexa, só então notei que em sua prateleira estava o caderno de entradas e saídas relatado por Esengo. Com um gesto discreto e instintivo, coloquei o caderno em minha mochila, enquanto Sr. Torres se distraía empilhando as xícaras.

E enxuguei a saliva da minha mão no seu paletó que repousava sobre a cadeira.

•

Senti meus músculos cambaleantes. Hesitantes. Flácidos de tantas dúvidas: por que Sr. Torres guardava aquele caderno? Por que eu o tinha pego?

Passos vertiginosos, mais uma vez me perdia nos corredores da Geosil e tentava seguir qualquer luz que me guiasse até o exterior.

Encontrei, enfim, a escada estreita em caracol que me levaria até a saída.

Ao dobrar a primeira curva, porém, meu corpo foi bloqueado pela presença massiva de Amadou.

— O que *você* está fazendo aqui? – perguntei.

— Vim buscá-la. O que veio fazer aqui no meio do expediente? – ele me interrogava.

— Como você soube onde me encontrar?

Amadou ignorou minha pergunta e desceu os degraus com agilidade.

Voltar ao escritório da Geosil não parecia uma opção.

Me vi obrigada a seguir Amadou.

Na saída, fiz sinal para um táxi.

Ele puxou meu braço em direção ao carro da equipe que nos esperava não muito longe dali.

Me esparramei em silêncio no banco de trás.

Pelo retrovisor, Samuel me olhou.

Quando ele orientou o espelho em minha direção, Amadou já não existia.

Naquela réstia de segundo, Samuel e eu nos encaramos.

Éramos os dois basílicos.

Éramos o próprio espelho.

DIA 17

As peças não se encaixavam. Parecia errado estar em Brazzaville. Não só moralmente, mas como algo que saía do *script*.

Telefonei mais uma vez a Roberta pedindo satisfações sobre a minha viagem de volta. Mais uma vez, a ligação caiu na caixa postal. Mais uma vez, deixei uma mensagem desenganada.

Minhas mãos tremiam quando desliguei o celular e uma voz me surpreendeu no outro canto da sala.

— Você já vai nos deixar? – era a segunda vez que Fabien, o geólogo da Geosil, e eu conversávamos. Ele estava no escritório da equipe de comunicação para ajudar Felizardo a redigir um texto técnico para uma publicação nas redes sociais do presidente.

— Onde você aprendeu português? – perguntei

— Tive que passar um tempo em Angola. Como muitos no Congo – ele ergueu os ombros. – É uma pena que você já vá voltar, queria que conversássemos mais.

— Toma um café?

Servi-lhe uma xícara da cafeteira que ficava ao lado de minha mesa.

— Por que já vai embora?

— Saudades de casa – respondi automaticamente.

Fabien riu.

— Eu trabalho na Geosil há dois anos. Sei que a primeira razão para querer deixá-los não é a saudade de casa.

— O que você faz exatamente, Fabien?

— Mapeamento.

— Mapeamento de quê?

— Petróleo, claro.

— Claro.

Ele ficou em silêncio por alguns instantes e então disse:

— Eu também queria ir embora.

— Mas aí seria você quem teria saudades de casa – respondi.

— Tem coisas piores.

Olivier bateu à porta, dizendo que era hora de ir buscar as marmitas para o almoço da equipe.

Antes que eu percebesse, Fabien deixou a sala e não mais o vi.

•

No refeitório de comida dita brasileira da Geosil, falava-se português. Ao entrar ali, a sensação de escutar a minha língua natal fazia com que eu me sentisse ainda mais longe de casa. Quase todos os frequentadores usavam crachás, se conheciam, riam alto. Eu abaixei os olhos para não ter que retribuir os acenos que não recebia. Mas, acima de tudo, para não ter que retribuir o olhar de Renato, o gerente do refeitório que parecia faminto olhando minhas pernas expostas pelo calor extenuante.

À porta, perguntei a Olivier se queria almoçar enquanto as marmitas eram preparadas. Ele disse que sim e me lembrou que lhe desse os cinco mil francos CFA habituais para o almoço. Entreguei-lhe o dinheiro, mas insisti que almoçasse comigo no refeitório brasileiro. A comida era um emaranhado de texturas que não combinavam com os sabores correspondentes. Mas era de graça. E eu adoraria uma companhia.

Ele negou.

Perguntei se poderíamos ir juntos ao refeitório de comida congolesa, não muito longe dali.

Ele negou.

E antes que eu fizesse qualquer outra proposta, saiu.

As cozinheiras congolesas faziam o que podiam para replicar as receitas de vaca atolada, picadinho, tutu, estrogonofe. Mas não poderiam fazer milagres com os ingredientes de segunda que passavam dias à deriva no Atlântico. Disse a Irène, uma das cozinheiras a quem tinha me afeiçoado, que levaria sete marmitas para o resto da equipe.

Servi meu prato, para almoçar enquanto esperava as refeições.

— Não vai perguntar se tem opção vegetariana hoje?

— Já desisti, Irène. Fico com o arroz-feijão-farofa de sempre.

Irène aproximou seu rosto do meu. Sua bochecha emanava o calor do forno industrial.

— Vou fazer um omelete para você, está tão magrinha.

Sorri. Sabia que aquele omelete era um tipo de afeto.

— Você é a melhor, Irène – gritei, quando ela já estava quase na porta da cozinha.

— Irène, é esse o nome dela?

— Sim – respondi a um homem engravatado na fila do *buffet*, que servia uma generosa concha de feijão em seu prato.

— Nome estranho pra uma africana, não é? Parece mais francês.

— Ah. Faz pouco tempo que o senhor chegou?

— Não, faz um ano. Um ano comendo essa comida de merda.

— Melhor que sua educação – sussurrei.

— Oi?

— Bom apetite – sorri.

Eu me deliciava com o omelete e lançava ora olhares agradecidos a Irène, ora olhares preocupados a Olivier, que insistia em comer seu sanduíche lá fora, sob o sol de trinta e seis graus.

Foi quando Irène levou a sacola de marmitas a Olivier que olhei em volta e enfim entendi que não era a comida que fazia com que aquele lugar parecesse com qualquer outro que eu frequentava em São Paulo.

Sem terminar a garfada, levantei

mas

no meio do refeitório

parei.

Aquela batalha não era minha

mas sim, era.

Eu já deixara passar tanta coisa

me isentara

não podia mais viver em abstinência do mundo.

Fui até Renato, que me cumprimentou com seu olhar faminto.

— Renato, você não deixa os congoleses comerem neste refeitório?

– eu falei em voz baixa, afinal era em voz baixa que todos falávamos no Congo, mas não deixei de atrair alguns olhares curiosos.

Renato olhou em volta.

— Minha querida... – e falou e falou durante minutos, rodeando minha pergunta.

— Sim ou não?

— Você me viu dar ordem pra algum congolês? Isso é lá entre eles. Você sabia que na época da escravid--

Renato acariciou a marca de meus dedos em sua bochecha quente.

— Na próxima vez, bate mais forte – cochichou ao meu ouvido.

– *Putinha* – e então soltou meu punho e sorriu para uma pretensa audiência.

A palma da minha mão ardia.

Eu toda ardia.

— Que violência – disse o homem que estivera ao meu lado no *buffet*.

Mas não era violência. Ou era. Pouco importa.

Se não houvesse uma força contrária, a gravidade nos sugaria até o centro da Terra.

Não fosse a violência de Renato contestada – das forças a mais criminosa – quão fundo ela nos levaria?

Já minha força não era violenta. Ou era. Pouco importa. Era uma força normal.

•

Quando cheguei de volta ao escritório, Leila me disse:

— Faça as malas, embarcaremos amanhã para Oyo.

As passagens – desta vez de avião – já estavam compradas.

— Prefiro ficar em Brazzaville até que devolvam meu passaporte.

Leila sentou-se ao meu lado.

— Eu também quero voltar para São Paulo – disse –, mas por ora não temos escolha. Então, vem comigo – pausa. – Por favor.

E me abraçou pelo que pareceu ser muito tempo. Não pude abraçá-la de volta.

— Leila. Preciso te contar uma coisa... Encontrei um caderno na sala de Senhor Torres. – E mostrei-lhe as páginas em que estavam registrados nossos horários de entrada e saída na casa, acompanhados de comentários de Esengo.

"Carlos chegou de mãos dadas a uma *mundelé*."

"Leila carrega uma sacola grande."

"Samuel lançou um olhar galanteador à tal da Manuela."

— Você não devia ter pego isso, Manuela.

— Mas tem meu nome aí. O seu nome. E tudo o que a gente faz em nosso próprio alojamento. Alguém está se apropriando de nossas vidas – repliquei.

— Algumas coisas não te pertencem e você tem que se conformar em não entendê-las. Não é porque você está no mundo que ele todo te diz respeito.

E tirou o caderno da minha mão.

— Preciso te contar uma coisa – foi ela quem disse desta vez. – Manu, você sabe qual o apelido do Torres? – não esperou que eu respondesse. – Vampiro. E sabe por quê? Lá pelos anos setenta, a atividade favorita dele era tirar informação das pessoas e caguetar todo mundo para a ditadura. Por que você acha que ele veio para um país autoritário? Tem gente que só sabe viver assim....

Minha garganta travou, como se quisesse obstruir as palavras já ditas.

— O Torres ligou para Alberto, eles são unha e carne. Ele contou tudo que você disse. Agora Alberto sabe que você se opõe a seus métodos. Que você se opõe a Sassou. E, o pior de tudo, que você fala. Que você fala muito. Manu, eu te disse para ficar em silêncio.

Eu estava. Em silêncio.

Leila continuou.

— Agora Alberto tem medo que você procure jornalistas no Brasil, que denuncie qualquer coisa. Ele segurou seu passaporte, ligou pro RH, falou com o cônsul, não vai te deixar ir embora enquanto ele mesmo não for. Ou seja, daqui cinco meses.

— E como você ficou sabendo disso?

— Alberto me contou. Ele ainda confia em mim. E é melhor para nós duas que continue sendo assim. Manuela, você pode me devolver o caderno, por favor?

— Ele falou de Samuel?

Leila sorriu, como se quisesse me dar uma boa notícia.

— Não.

— Você falou?

— Claro que não.

Quis gritar.

Quis encher o cômodo com minha revolta, mas a glândula que se ativara na minha garganta transformava tudo em silêncio.

Em vazio.

Entreguei-lhe o caderno, resignada. O carimbo com as iniciais de Sr. Torres marcava a capa tal um lombo de gado.

Todas minhas batalhas perdidas tinham nomes de homens.

DIA 18

No meio da noite, ouvi batidas. Pensei que fosse a troca de turnos dos vigias, que Esengo esquecera as chaves de novo.
Mas não era à porta que batiam.
O som vinha da minha janela.
A janela que dá para o gerador.
A janela que eu nunca abri.

Estremeci.

Eram três da manhã.
O horário que nunca traz boas notícias.
O horário em que o telefone fixo toca revelando tragédias que não podem esperar pelo raiar do dia.
Como se aos celulares só fossem confiadas banalidades.
E aos telefones fixos o que é
definitivo.

As batidas insistiam.

— Quem é? – sussurrei

Silêncio.
Respondi às batidas tocando a veneziana de metal com os dedos: mindinho, anelar, dedo médio, indicador.
— Manuela?
Respirei fundo. De todos os cenários que se passaram pela minha cabeça, nenhum deles trazia Samuel à minha janela – menti para mim mesma.

De todas as coisas que passam pela minha cabeça, uma delas sempre é Samuel.

— Preciso falar com você. Abre, por favor.

Abri a janela com cuidado para que o ruído não acordasse os outros.

— Está tudo bem? – perguntei.

E Samuel entrou sem responder e sem pedir licença.

•

Mbeauté* Manuela,

Me arrependi da primeira palavra assim que a escrevi. Um trocadilho canastrão. Mas prometi que não apagaria nenhuma linha. Também vai ser a única vez que farei menção à sua beleza ou a uma beleza qualquer. E tinha que fazê-lo – em parte – em minha língua mãe. Sei que você gosta das palavras com M mudo em lingala. É como se lhe mostrassem que a primeira letra do seu próprio nome pode se camuflar. E quem sabe você possa se camuflar também. É bonito esse seu desejo de não ser. De não participar da feiura do mundo. Porque, Manuela, além de você e algumas palavras em lingala, o mundo é feio e é por isso que falar de beleza me incomoda.

Mas não se pode amar sem falar de beleza. É como esse M mudo – parece não servir para nada e é, portanto, indispensável.

Me pergunto o que você está fazendo aqui e todo dia rezo aos deuses em que não acredito para que você vá embora. Antes, tudo era mais tranquilo. Eu acordava e sabia aonde ir, de quem cuidar. Hoje, meus sentidos foram embaralhados, meus instintos estão confusos.

Você está em perigo, Manuela. Eu sempre estive. Mas me coloco ainda mais por você. Vá para casa. Não precisa entender. Não tem nada para você aqui.

Eu me pergunto se o mundo deu essa volta só pra gente se conhecer. Logo eu, que achava que a Terra era estática, já que no Congo nada muda há anos. Sabe, eu tento muito fazer com que as coisas sejam diferentes, mais justas. Eu sempre achei que os movimentos terrestres dependiam dos meus braços. Da minha militância.

E hoje esses braços só pensam em te envolver. Em te proteger – de Sassou, de Alberto, de quem seja.

---

*Mistura das palavras *Mboté* (Bom dia, em lingala) e *Beauté* (Beleza, em francês)

Por favor, vá embora, Manuela.

Encontre o M mudo em outro vocabulário.

Leve qualquer beleza para longe.

E, se quiser, traga-a de volta um dia, quando tivermos tempo para sutilezas.

Samuel.

•

Foi a primeira carta de amor que recebi.

Aliás

não era uma carta de amor

era uma petição de despejo.

Junto à equipe, eu estava hospedada no Alima, o hotel de luxo de Oyo.

Naquela madrugada, Samuel havia me entregado uma carta e pedido que eu a lesse com calma.

E então, foi embora. Não nos acompanharia na viagem.

Guardei a carta até o final do dia.

Com o papel nas mãos, enchi a banheira.

Despejei ali uma miniatura de shampoo inteira e liguei a água muito quente. Entrei com todo o corpo na banheira, a pele ainda ardendo.

Tinha pressa.

A carta havia repousado em minha mochila durante todo o dia e, embora a balança do aeroporto não a denunciasse, o peso do papel extrapolava o limite estabelecido para bagagens de mão e de cabine.

Escaldada

li

reli

palavra

por

palavra

e depois o todo.

Me concentrei naquela carta como quem debulha o trigo para alimentar toda a humanidade.
E quando todo o significado havia sido extraído, com meus dedos já enrugados
deixei-a cair.
Na banheira, o papel fino se desfez.
E já não era possível dizer o que era tinta. O que era celulose. O que era água. O que era espuma.
Não sei por quanto tempo deixei que meus poros absorvessem as palavras, agora liquefeitas.
Meu corpo, a tinta, uma coisa só.
As entrelinhas corporificadas.
Como se às cartas só fossem confiados os não-ditos.

DIA 19

Acordei cansada, mesmo tendo dormido por muitas horas.

O café da manhã com a equipe estava marcado para as 7:30, mas tirei alguns minutos para roçar meus pés contra o lençol de duzentos e tantos fios.

Embalada por esse vaivém, adormeci.

Leila bateu à porta e me avisou que estava descendo.

Tentei me levantar com o sobressalto de sempre, mas desta vez me senti cansada

tão cansada.

Como se a gravidade desrespeitasse suas próprias leis

se potencializasse e

ao mesmo tempo juíza e réu

seguisse impune.

À mesa, cumprimentei a equipe com um grunhido sonolento.

Com alívio, vi que o único lugar livre ficava entre Leila e Carlos. Imaginei que ela tivesse reservado a cadeira para mim. Dirigi-lhe um sorriso, mas ela não viu, absorta em seus e-mails. Carlos me deu um *"bonjour mademoiselle"* risonho, Alberto recriminou meu atraso, Amadou disse que eu tinha uma ramela nos olhos.

Leila se voltou a toda a mesa.

— Hoje pela manhã vamos nos dividir: Amadou, Alberto e eu vamos fazer algumas imagens de cobertura simples para o documentário sobre Sassou. Manu e Carlos, vocês vão até as fazendas produzir algumas filmagens aéreas com o drone. Depois almoçamos juntos aqui no hotel. Que tal?

— O que as fazendas têm a ver com o doc de Sassou? – perguntei.

— Nada. É só um pedido extraordinário da Geosil.

Todos se levantaram da mesa, exceto Leila e eu.

Quando ninguém estava olhando

— Queria que ficássemos juntas – uma de nós disse.

Ela pegou na minha mão e continuou lendo seus e-mails enquanto eu dava uma mordida no *pain au chocolat* bem guarnecido.

•

Ainda pela manhã, chegamos à fazenda de gado da Geosil. A primeira diária de filmagens no departamento de La Cuvette seria lá.

Hectares e hectares de centenas de cabeças de gado Nelore.

Ne lo re.

Um nome tão bonito. Um nome digno de um gado real, pertencendo – como quase tudo no Congo – à família do presidente ou a ele próprio.

O nome mais bonito de algo que vai virar bife.

O gado Nelore vinha do Brasil. Alguns tinham emagrecido muito, não se habituavam ao clima do outro lado do Atlântico. Outros morriam de raios que caíam no descampado artificial apropriado à pastagem, mas impróprio a uma região de chuvas equatoriais.

E outros eram servidos acebolados.

Na fazenda ao lado, criava-se algo ainda mais estrangeiro: avestruzes.

A carne de avestruz é de altíssima qualidade. Gostosa, igual à da vaca, com menos gorduras e mais proteínas – indicada pelos nutricionistas.

Como qualquer país em desenvolvimento, o Congo se tornava um criadouro de espécies exóticas para exportação. Não tão longe dos descampados de avestruzes, hectares e hectares de eucaliptos. Nessas florestas sem coalas, só restavam cobras pequenas e rasteiras. Drenadas. Tão mal nutridas quanto o resto da população acabava ficando também. Aqueles que davam sorte, conseguiam caçar um ou outro animal deslocado e raquítico. E ao cozinhar a carne em fogo baixo, contraíam ebola.

E aí não restava mais nada.

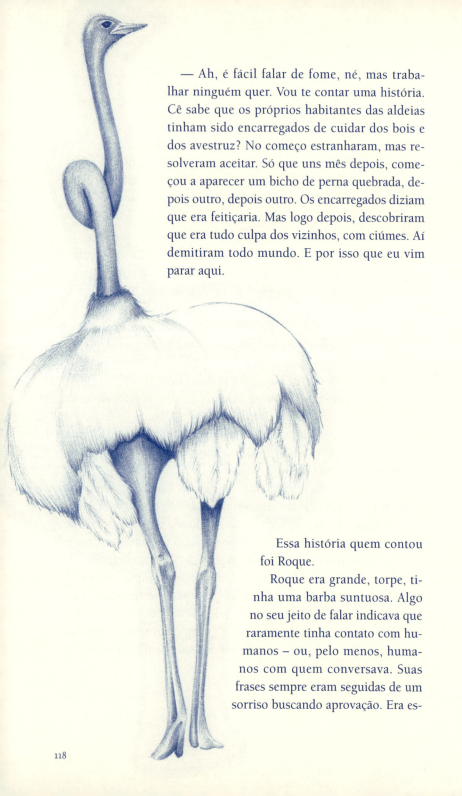

— Ah, é fácil falar de fome, né, mas trabalhar ninguém quer. Vou te contar uma história. Cê sabe que os próprios habitantes das aldeias tinham sido encarregados de cuidar dos bois e dos avestruz? No começo estranharam, mas resolveram aceitar. Só que uns mês depois, começou a aparecer um bicho de perna quebrada, depois outro, depois outro. Os encarregados diziam que era feitiçaria. Mas logo depois, descobriram que era tudo culpa dos vizinhos, com ciúmes. Aí demitiram todo mundo. E por isso que eu vim parar aqui.

Essa história quem contou foi Roque.
Roque era grande, torpe, tinha uma barba suntuosa. Algo no seu jeito de falar indicava que raramente tinha contato com humanos – ou, pelo menos, humanos com quem conversava. Suas frases sempre eram seguidas de um sorriso buscando aprovação. Era es-

tranho pensar em Roque sobre um cavalo veloz pastoreando algo tão nobre quanto um avestruz ou uma cabeça de gado Nelore.

A história de Roque me remeteu às opiniões pré-formatadas que já tinha ouvido tantas e tantas vezes. Tentei interrompê-lo. Carlos também.

Mas Roque não parava de falar.

Perguntei-me se ele era solitário demais em meio a Nelores e avestruzes e logo veio a resposta salivada por sua longa barba ruiva.

Convencido de sua retórica, Roque passou a nos mostrar fotos com piadas que recebia nos grupos Whatsapp de seus amigos do Brasil. Entre um meme e outro, o dedo escorregou de leve para a esquerda e lá havia fotos de uma moça de pele negra. Logo soubemos se tratar de uma mulher daqui e não do Brasil. Ele fingia surpresa pelo dedo displicente.

O nome que deram à moça – ele sorria – era Jaboticaba.

Jaboticabaquenemafruta.

Roque tomou o tempo de explicar a Carlos o que era uma jaboticaba: uma árvore brasileira que existe em todo quintal no interior de São Paulo. As jaboticabas nascem umas duas vezes por ano, coladas em seu tronco. São da pele muito escura e grossa. O interior é branco e um pouco viscoso, muito doce. Deve-se morder com cuidado, engolindo o interior e evitando comer a casca, amarga e indigesta.

Dirigiu-nos um olhar sugestivo.

E continuou falando.

Jaboticaba – a moça – antes aparecia toda semana onde morava Roque e mais dois colegas de trabalho. Em troca de algum de que viver para a semana, Jaboticaba se deixava ser de Roque, Ginão e Fabiano, provavelmente sem gozar com nenhum dos três (mas essa parte não estava na história). Acontece que ele se afeiçoou um pouco mais à Jaboticaba. Em comum acordo, os homens decidiram que o alojamento era partilhado, mas que Jaboticaba, ela, era só de Roque.

As próximas fotos no celular de Roque eram de uma mulher branca, loira, com os cabelos lisos.

O cenário, o interior de São Paulo.

A esposa brasileira havia enviado uma foto em que carregava a filha de dois anos, felizmente para a menina, muito diferente de Roque.

— Uma aqui, a outra lá, tem que ser assim pra sobreviver – disse Roque, que logo entendeu que não era para mim que deveria sorrir. Abaixou os olhos ao terminar sua história.

A brasileira, ele via a cada seis meses, quando tirava quinze dias de férias, e durante a vida toda assim que acabasse o contrato no Congo – afinal, Roque é religioso e acredita que matrimônio é eterno, fez questão de pontuar.

A foto seguinte era da mulher que ele chamava de Jaboticaba. Ela vestia roupinhas coladinhas importadas diretamente do Brasil. A pele esticada brilhava sob a *Lycra* lilás.

A mulher exibia o ventre grávido de seu primogênito.

— Vai se chamar Júnior – disse, orgulhoso.

Roque sempre quis ter um filho homem.

•

Leila e eu mantínhamos certa distância uma da outra. Não queríamos que Alberto desconfiasse também dela.

Depois do almoço, quando enfim ficamos sozinhas, fumando um cigarro no jardim do hotel, ela me confessou:

— Estou cansada.

E depois:

— Não, não estou cansada. Estou exausta.

Ela queria estar em casa.

Eu, já não sei.

Sentia meu coração como fisgado. Pensava em Samuel o tempo todo.

Não tinha notícias dele.

Não sei se queria ter.

Ou se, a partir de agora, todas as notícias que chegariam dele seriam más notícias, contadas por outras vozes, já que suas palavras finais me pareceram definitivas.

— Manuela! Leila! Onde vocês estão? – gritou Alberto de dentro do hotel.

Leila e eu trocamos um último olhar.

— Estamos indo – não sei se foi ela quem disse ou eu.

Entramos a passos lentos. Alberto nos convidava a tomar uma cerveja no hall.

Enquanto Alberto falava, já sabíamos o que queria. Ele se demorava. Capturava nossos olhares a cada vez que Leila e eu tínhamos um momento de cumplicidade.

Ele nos estendia um lenço vermelho como para cansar um touro já velho cujos tempos de glória ficaram para trás.
Ele nos forçava mais uma vez a dizer não.
Como todos esses homens que nos forçam a dizer não tantas vezes
para depois nos tratarem de
frígidas
pouco profissionais
mimadas
ou pior
como todos esses homens que nos forçam a dizer não tantas vezes
até que dizemos:

sim.

Alberto insistia que ficássemos até março. Que ganharíamos três vezes nosso salário. Não sei se por vaidade, Alberto queria que escolhêssemos ficar por vontade própria antes de colocar na mesa suas ameaças.

— Tenho escolha? – tentei perguntar. – Você está segurando meu passaporte.

Mas Alberto já me ignorava e se virou a Leila, seu verdadeiro alvo.

— Leila, você sabe que preciso de você – disse.

— Você não pode me deixar – repetiu.

— Você é meu braço direito – insistiu.

— Vou te promover – prometeu.

Ela me olhou.

Disse a Alberto que ia pensar.

Ele agradeceu. Pediu a conta. Nos liberou.

Senti que a gravidade mais uma vez me empurrava em direção ao estofado de couro bege.

Leila me encarou como se seus olhos me estendessem as mãos.

●

Segundo as ordens de Alberto, a primeira cena do documentário deveria se passar em um "vilarejo tradicional". Embora fosse nossa tarefa mais importante, ainda não tínhamos encontrado um vilarejo cuja arquitetura atendesse ao que Alberto entende como "tradicional".

Filmaríamos daqui a dois dias e ainda não havíamos admitido nosso fracasso.

Já era fim de tarde quando saímos mais uma vez em busca do tal lugar idílico. Amadou fez questão de nos acompanhar, embora tenha ficado todo o trajeto colado a seu celular.

Da estrada, vimos um telhado de palha e, apegando-se a uma réstia de esperança, Leila pediu que o motorista parasse o carro.

Estávamos empolgadas.

Tínhamos pressa.

Queríamos só tirar algumas fotos, que mal tem?

O motorista disse que era melhor não, mas estávamos exaustas de receber conselhos condescendentes.

Saímos do carro sem que Amadou, vidrado em seu celular, se desse conta.

Olhamos em volta. Fotografamos sem pedir licença.

Até que Leila puxou meu braço

e congelou.

Com um gesto discreto, me mostrou que dois homens vinham em nossa direção. Apontei para a casa ao lado – também havíamos chamado atenção ali. Três homens se aproximavam, o peito estufado.

Amadou levantou a cabeça de seu celular e saiu do carro correndo.

— Voltem para o carro imediatamente.

Amadou nos empurrou para dentro do carro como se empurra um cachorro que se recusa a ir ao veterinário.

O motorista nos explicou que não deveríamos ter tirado fotos sem antes pedir a permissão das pessoas que vivem ali. Era uma grande ofensa.

Assentimos, resignadas. Ele tinha razão.

De dentro do carro, vimos Amadou conversando amigavelmente com um dos homens. Trocaram um aperto de mão.

No final, até um abraço.

Amadou gesticulava. Às vezes apontava para nós.

Ria.

Fazia o que no Congo também deve ser o gesto universal para dizer: loucas.

•

Entramos no hotel com a cabeça baixa.

Queríamos nos fazer pequenas, menores do que realmente somos.

Era assim que nos sentíamos: pueris.

A condescendência daqueles homens nos fazia regredir.

Agia em nossas faculdades, talhava nossa inteligência.

A única forma de agir possível era imprudente. Tal uma leoa ferida, seguíamos um instinto que já não funcionava mais.

Éramos reduzidas a seguir ordens do macho dominante para não padecer na savana

— Vocês nunca mais devem desrespeitar minhas ordens – repetiu Amadou.

e ter o corpo comido por hienas.

No bar do hotel, Alberto e Carlos brindavam.

Tiveram um belo dia, fizeram lindas imagens.

Carlos nos mostrava fotos de crianças sorridentes vestindo camisetas puídas. Casebres. Árvores frondosas.

Exibiam, orgulhosos, dois abacaxis que seguravam como troféus:

— Estão vendo só? Ganhamos do pessoal de um vilarejo na estrada, eles adoraram a gente.

Amadou sorriu:

— Fico feliz que tenham sido bem recebidos em meu país.

Alberto perguntou o que Amadou beberia e pediu uma cerveja para mim e outra para Leila

Ela disse que preferia ir para o quarto, se não se importassem. Juntei-me a Leila.

Nos desculpamos.

Pedimos licença.

— Estou exausta – disse.

Não sei se ela ou eu.

DIA 20

Eu passaria a manhã com Amadou. Precisávamos encontrar um grupo de crianças e em seguida convidá-los a fazer figuração para a primeira cena do documentário – no tal vilarejo "tradicional" que havíamos encontrado no dia anterior.

Leila passaria a manhã com Alberto e Carlos.

Esperei Amadou por meia-hora no saguão do hotel. Ele chegou sem se desculpar pelo atraso ou me dirigir uma palavra sequer. Caminhou até a porta como se segui-lo fosse o movimento natural de minhas pernas.

Lá fora nos esperava Inácio, o novo motorista enviado pela Geosil. Ele nos cumprimentou com um largo sorriso e se desculpou: tinha acabado de chegar no Congo, ainda não falava uma só palavra em francês. Apresentei a mim e a Amadou em português.

Amadou apertou-lhe a mão e se dirigiu ao banco da frente. Empurrou com violência o seu assento para trás sem antes verificar se eu estava ali no espaço reservado por direito

às   suas   pernas.

Com a cabeça entre os dois homens, dirigi-me a Inácio.

— Leila me disse que deveríamos parar em um vilarejo na estrada para Edou, ao norte, não muito longe de onde filmaremos. Você conhece o caminho?

— Diga-lhe que vamos para o sul por cinco quilômetros – disse Amadou, em francês, sem tirar os olhos de seu celular.

— Combinamos que iríamos para o norte, Amadou.

— Tenho conhecidos ao sul. Vamos para lá.

— Não foi o que Leila nos instruiu a fazer – repliquei.

Amadou balançou as mãos como quem afasta um inseto insistente e, na sequência do mesmo gesto, começou a mostrar o caminho a Inácio, indicando se deveríamos virar à direita ou à esquerda.

Encostei de volta no frio assento de couro do banco de trás e dobrei as pernas, garantindo que meus joelhos atingissem em cheio o meio das costas de Amadou assim que passássemos por um buraco na estrada. Cerca de cinco quilômetros ao sul de Oyo, Amadou fez sinal para que o carro virasse à direita e entramos em um vilarejo à margem da rodovia. Ele saiu da caminhonete e andou em direção a um homem que estava sentado em meio ao descampado.

Ordenou que eu não saísse desta vez.

Desci do carro.

Cerca de duas dezenas de casebres se agrupavam em torno de um pátio com algumas árvores. Algumas mulheres varriam a frente de suas casas. Outras cuidavam das crianças. Outras socavam um pilão. Nenhuma delas se abalou com nossa presença. As casas eram pequenas, a maioria delas feitas de barro. Algumas tinham telhado de palha e outras de acrílico. Ao fundo, à esquerda, uma cisterna com o logo da Geosil.

Quando dei por mim, algumas crianças haviam se reunido ao meu redor. Sorri constrangida enquanto elas me olhavam em silêncio.

— *Mboté?* – tentei.

Não responderam, certas de que a conversa não iria mais longe.

— Eu falo francês – disse uma delas, a mais velha. – Eu falo até inglês. Você quer ver só? *Good morning, my name is Prestige.*

— Bom dia, muito prazer, Prestige. Diga "oi" a seus amigos por mim – eu disse, olhando para as outras crianças, com um olhar de quem se desculpa por falar uma língua estrangeira. Eles continuavam me observando, indiferentes ao que eu tinha a dizer, como se observa um animal cujos sinais nunca saberemos interpretar.

— Quer ouvir outras palavras que eu sei em inglês? – e não esperou minha resposta – *yellow, green, blue, girl, boy, food.*

— Muito bem, Prestige. Quantos anos você tem?

— *Twelve. And you?*

— *Twenty-seven* – respondi, quando Amadou se aproximou.

— Já acertei tudo para amanhã – ele disse. – As crianças estarão prontas às sete. Agora vamos embora.

— O que acontece amanhã? – perguntou Prestige, agora em francês.

Amadou se afastou.

— Vamos fazer uma filmagem e precisamos de crianças para a cena. Você vem com a gente?

Prestige relaxou os ombros, os quadris. Tirou a mão da cintura e pegou na minha mão. Seus olhos brilhavam.

— Uma filmagem? Tipo de uma novela? Posso participar?

— Claro, Prestige, será um prazer ter você lá.

— Onde eu encontro vocês?

— A gente vem buscar todo mundo aqui.

— Mas se vocês não chegarem, onde eu encontro vocês?

Ri da ansiedade que lhe atribuía um ar infantil.

— Estamos ficando num hotel não muito longe daqui

— Ah, o Alima?

— Sim, você conhece?

— Gosto muito da piscina de lá.

— Como você...

— VAMOS EMBORA – gritava Amadou, pela janela do motorista, embora estivesse sentado no banco do passageiro.

— Aquele homem vai estar lá? – perguntou Prestige.

Ergui os ombros.

— Não temos escolha.

Ela sorriu. A ansiedade de antes dava lugar à cumplicidade feminina, uma empatia prematura. Reconheci o sorriso de uma mulher que reivindicava aquele corpo infantil.

Mas logo Prestige não prestava mais atenção em mim. Com desenvoltura pegou no colo um bebê que puxava sua saia. Agora a mulher mostrava uma escritura à menina e se reconhecia legítima daquele corpo por *usucapião*.

Perguntei-me qual delas, a menina ou a mulher, conheceria a piscina do Alima – o hotel em que se hospedam estrangeiros que tomam o corpo das congolesas por seu. O hotel cujos muros são baixos e onde os funcionários fazem vista grossa para as crianças que se banham na piscina sempre vazia.

Amadou buzinou forte e três vezes. Tapei os ouvidos. As crianças que nos observavam se esconderam com medo.

— Tenho que ir – eu disse.

— Até amanhã, meu nome é Prestige, não esquece.

— Não esqueço.

Acenei enquanto entrava no carro.

Prestige já havia virado as costas.

— Alberto está esperando – grunhiu Amadou. – Diga ao motorista que vá em direção a Owando.

— Eu estava conversando com uma de nossas convidadas de amanhã – respondi.

Amadou soltou uma sonora gargalhada.

— Essa menina não pode estar na cena.

— Claro que pode – repliquei.

Amadou bufou, tirou os olhos de seu celular e avançou tanto quanto seu corpo lhe permitia avançar em direção ao banco de trás.

— O chefe pediu crianças. Ela já tem idade pra ser mãe de uma criança.

— Ela tem doze anos.

— Diga ao motorista que vá em direção a Owando.

— Vamos para Owando? – perguntou Inácio, que havia estado em silêncio até então.

— Owando – respondeu Amadou. Em seguida atendeu seu telefone. Falava alto e ria ainda mais alto.

De longe, Prestige acenava agora. Acenei de volta.

•

Almoçamos em um restaurante no caminho para Owando. O resto da equipe já nos esperava lá quando chegamos. Andei até Leila, que fumava na parte de fora. Ao seu lado, uma cabra balia de dentro de uma jaula.

Leila grunhiu qualquer coisa sobre estarmos atrasados e foi até a mesa sem terminar seu cigarro.

O restaurante não tinha paredes. Tinha um telhado trançado prolongando a cozinha de uma senhora de sessenta e tantos anos, de onde saíam os pratos do dia.

— Temos duas opções hoje. Macaco ou antílope? – perguntou a cozinheira tímida, em um francês arranhado.

— Ela cozinha a melhor carne do Congo – afirmou Amadou, orgulhoso de sua indicação. — Até melhor que a do Alima.

Ela riu.

— Alguém quer um vinho de palma? – Amadou sentia-se em casa. – Vinho de palma pra todo mundo! – disse, sem esperar resposta.

Quando a cozinheira voltou com a garrafa de vinho de palma artesanal, Leila foi a primeira a se servir e bebeu sem propor um brinde. Em seguida colocou a garrafa no centro da mesa.

— Quem quer antílope? – perguntou a cozinheira.

Todos levantaram a mão, menos eu. Ela me olhou com um sorriso:

— Macaco?

— Sinto muito, *madame*, não como carne. Posso ficar só com o acompanhamento?

— Fufu.

— Sim, fufu.

— Fufu?

— Fufu.

— Fufu, então – ela respondeu risonha.

Leila saiu mais uma vez para fumar um cigarro enquanto o resto da equipe parecia entretido com a segunda garrafa de vinho de palma que Amadou já tinha buscado por conta própria na cozinha.

— Por que você sempre tem que ser diferente? – disse Leila, antes mesmo que eu chegasse até ela.

— Eu não como carne, só isso.

A cabra reagiu à minha frase com um farfalhar de orelhas. Entendi como um sinal de aprovação, embora provavelmente fosse só uma mosca.

— Às vezes a gente tem que comer carne. Às vezes a gente tem que fazer uma ressalva em nossos ideais idiotas para não complicar a vida dos outros, para não complicar nossa própria vida, para não ser sempre uma exceção, ou só para não ter carência de ferro mesmo. Você já pensou nisso?

Leila pareceu notar a cabra dentro da gaiola pela primeira vez. Ela era atenta, alegre – ainda um filhote. Mal sabia o que o destino lhe reservava.

— O que você tem, Leila? – perguntei.

— Eu acho que você não entende o que está em jogo – ela respondeu. Embora olhasse para a cabra, era a mim que se dirigia.

— Sua carreira? – respondi.

Ela respondeu que sim com a cabeça.

— Alberto é um obcecado.

— Um obcecado que pode acabar com a minha reputação. Além disso, ele só quer fazer o trabalho dele – defendeu Leila.

— Você tem que ir embora, Lê. Nós temos que ir embora.

— E você deveria comer carne. Sua vida seria mais fácil.

Leila voltou à mesa.

Sentei-me ao seu lado. A cozinheira havia me servido um lindo prato de aspargos frescos com fufu.

Não pude deixar de sorrir, satisfeita.

Leila virou mais um copo de vinho de palma e tentou cortar a carne dura com raiva e dificuldade. Não havia considerado que antílopes são animais que correm até 100 km/h.

Com músculos rígidos.

Mas ela resistia. Não seria derrotada pelo próprio almoço.

A cabra baliu mais uma vez quando a cozinheira passou por ela a caminho da cozinha.

Leila tinha pedido uma faca serrilhada.

•

— Leila, você pode me explicar o que está acontecendo?

Mas ela logo se afastou de novo, com a desculpa de dizer algo a Carlos.

Em Owando, filmávamos na escola em que Sassou-Nguesso estudou durante o ensino fundamental. Todos ali tinham muito orgulho dele. Além do retrato oficial, obrigatório a todos os estabelecimentos públicos, os muros do colégio também exibiam afrescos fidedignos de Sassou.

A diretora nos mostrou fotos do presidente com diversos chefes de estado: Mandela, Chirac (de quem foi inclusive colega, reforçou orgulhosa), entre outros.

Olhei de soslaio a foto na parede, evitando que o olhar de Sassou cruzasse com o meu. Tive a impressão de que me vigiava, de que conhecia meus sentimentos por ele e os desaprovava, como aquelas pinturas eclesiásticas da idade média cujo olhar sempre seguiria – e condenaria – quem ousasse encará-las.

— O Senhor Sassou-Nguesso tem fotos com todos os chefes de Estado franceses desde que é presidente – afirmou a diretora

— Inclusive Carlos Magno? – perguntei.

Carlos e Leila me olharam. Ele rindo, ela desaprovando. Eu mesma me censurei pelo sarcasmo e pedi desculpas. Leila aproveitou o silêncio constrangedor e disse que começaríamos a filmagem em dez minutos.

— Quantos anos você tinha quando Sassou tomou o poder? – Carlos me perguntou.

Fiz as contas

— Menos nove. E você?

— Quinze. Eu ainda morava na França.

— E você se lembra do dia?

— Por acaso algum europeu sabe de algo sobre as colônias além da comida e do petróleo que chegam dali? – fez uma pausa e então:

— Você ainda acha que o mundo tem salvação? – ele me perguntou, de repente.

— Não é o que a gente sempre pensa aos vinte e tantos anos?

— Eu ainda acho. Sou um velho idealista, uma mutação genética que deu errado.

— E o que você está fazendo aqui?

Carlos deu um longo gole em sua garrafa de água.

Fazia 35 graus e a conversa havia se estabelecido em uma área sem sombras.

Não ousamos dar um passo para não destruir a fragilidade de um momento honesto entre duas pessoas que mal se conhecem

mas tem tanto a dizer

não necessariamente um para o outro.

— Mentindo pra mim mesmo.

Carlos respondeu enquanto sacava sua câmera.

— Posso tirar uma foto de vocês? – perguntou para um grupo de crianças com uniformes impecáveis que descansavam na hora do recreio.

Elas nos encararam por um segundo e saíram correndo, espalhando-se. Um dente-de-leão recém-soprado.

Mas uma ficou.

E ela encarava a câmera como quem encararia uma besta selvagem. Como que para amansá-la e mostrar quem está no controle.

Carlos tirou uma foto.

A menina pediu para vê-la.

Ela olhou para a imagem e sorriu, satisfeita com o resultado. Como se seu sorriso fosse um chamado, todas as outras crianças se acumularam ao nosso redor, afoitas para apreciar o feito da destemida colega.

— Tira uma foto minha – dizia uma outra menina que puxava minha blusa para chamar a atenção.

— Mas eu não sou fotógr--

Ela posava na minha frente. A mão na cintura.

— Vai logo! – ela olhava para o lado, aflita, enquanto eu buscava meu celular.

Enquanto eu destravava a câmera, seu maior medo se realizou. Duas dezenas de crianças se juntaram ao retrato que deveria ser só dela.

Só quando notei seu olhar condenatório na foto registrada em meu celular, entendi que eu fora incapaz de realizar um desejo tão simples.

Sentei-me à sombra do toldo vermelho da recepção. A luz da hora mágica deixava a imagem de Sassou ainda mais brilhante e as olheiras de Leila ainda mais marcadas. Ela se sentou ao meu lado e me mostrou em seu celular uma foto dela, cercada por várias crianças.

— Que linda! – exclamei.

— Posso postar a foto com uma legenda do Amyr Klink... ou melhor, do Joseph Conrad... e me tornar a salvadora branca europeia que tanto detesto – riu.

— Você nunca seria essa pessoa, Lê!

— Por quê?

— Não estamos salvando ninguém. Muito pelo contrário.

Ri. Ela não.

— Talvez eu queira ficar aqui por mais cinco meses – ela disse, enfim. Os olhos marejados refletindo o vermelho do toldo sob o sol poente.

— Eu sei.

— E eu vou... De qualquer jeito, Alberto não me deu escolha.

— Eu sei – respondi.

— Você deve estar achando que eu quero que você fique comigo até março. Que quero te convencer. Mas não quero, Manu. Muito pelo contrário. Quero que você vá embora. E nem é por você, é por mim. Você é minha condenação. É uma bússola moral que não sabe onde fica o norte.

Não respondi.

— Alberto já sabe que eu vou ficar. Ele pensa que vai te obrigar a ficar também, mas não vai. Eu tenho um plano.

Era um bom plano.

Por ora, só precisaríamos parar de nos falar definitivamente, fingir profunda ojeriza uma pela outra quando perto de Alberto.

— Você concorda? – Leila me perguntou.

Mas eu desconfiava que, uma vez o plano realizado, Leila continuaria a me ignorar.

Sabia que ela estava cansada de se ver como projeção de minhas pupilas sempre a proferir veredictos. Eu queria dizer que não a julgava, mas não seria verdade. Eu sabia que meu olhar podia ser uma luz ultravioleta, expondo cada marca, cada defeito, cada pecado, cada crime, cada culpa.

E sabia disso porque parte de mim também era julgada o tempo todo. A parte que não se importava em ficar cativa por cinco meses. A parte que tinha vontade de manter aquele emprego, ganhar um ano de salário em um mês, não sair de perto de Samuel, encontrar um lar – mesmo que improvável. A parte que não queria ter escolha. Mas agora que Leila havia proposto uma saída, essa parte de mim fora condenada à prisão perpétua. À pena de morte. À extinção.

Encarei o olhar cansado de Leila.

O olhar severo de Sassou.

O olhar suplicante de Samuel.

Em meu celular, o olhar da estudante na foto ainda condenava minha lentidão.

Quando a tela se bloqueou formando um espelho, finalmente encarei meu próprio olhar refletido.

Então eu soube – não poderia seguir trabalhando para Sassou.

Respondi a Leila que

— Concordo.

Do contrário, jamais me absolveria.

DIA 21

Naquela manhã, Leila não bateu à porta para dizer que descia para o café, o que também me tirava da cama em um pulo.

Ela não estava mais em seu quarto.

Desci as escadas para descobrir que também não havia guardado um lugar ao seu lado na mesa.

Ela levava nosso acordo muito a sério.

Eu já sentia o peso de mais uma camada de silêncio.

•

Logo depois do café, Amadou e eu fomos até o carro de Inácio, buscaríamos as crianças para a filmagem.

Às 6h55 estacionamos no ponto de encontro. Não nos estranhou que o lugar estivesse vazio. Ainda faltavam cinco minutos para o horário marcado.

Esperamos disciplinadamente dentro do carro.

Amadou olhava o relógio, impaciente.

Cantarolei baixinho, não estava de humor a irritar Amadou.

Quando não tinha nada eu quis,
Quando tudo era ausência, esperei.

Até que ouvi um cantar que não era meu.

Quando chegou carta, abri.
Quando ouvi Prince, dancei.

Era Inácio que também cantava distraidamente, quase como se não tivesse me ouvido, mas algo do ritmo tivesse ficado em sua cabeça.

Sorri. Estava tão acostumada a me cercar de pessoas que não falavam a minha língua ou que não compartilhavam do meu mundo que cantarolar uma mesma canção me parecia uma das coisas mais improváveis que poderiam me acontecer.

E, ainda assim, tão banal.

Inácio surpreendeu meu sorriso no retrovisor. Sorriu de volta.

— Há quanto tempo você está aqui, Inácio? –perguntei.

— Dois meses.

— E está gostando?

— É um trabalho. Paga melhor do que tudo que achei no Brasil – ergueu os ombros – mas meio solitário. Eu não entendo o que as pessoas falam.

— E os outros brasileiros? Portugueses?

— A maior parte fica na chefia. Fica difícil. É bom poder conversar com você – sorriu.

— Também fico feliz – sorri de volta.

Amadou interrompeu em francês.

— Você, sempre tão simpática com os homens.

— Como?

— Não se envergonha em flertar com o motorista?

— É só uma conversa – respondi, olhando constrangida para Inácio, que não parecia ter entendido a reprimenda.

— Só uma conversa – repetiu, cínico. E então: – E Samuel? Também é só uma conversa?

Saí do carro e bati a porta. Minhas pernas tremiam e eu fazia um esforço quase sobre-humano para ficar de pé.

Nesses últimos dias, eu havia evitado pensar em Samuel.

Samuel era minha areia movediça. Eu sabia identificar os caminhos que me levavam até ele. Sabia que trilhas evitar, que desvios escolher. Daria uma volta de quilômetros só para não correr o risco de

afundar.

Pois sabia que assim que colocasse meus pés ali dentro, tudo estaria acabado.

Apenas ao som de seu nome, perdi o chão.

Tentava me agarrar a qualquer anteparo, mas era tarde demais. A sensação da mão de Samuel em minha coxa havia ficado impregnada na minha pele tal uma tatuagem indesejada feita por impulso.

Amadou desceu do carro e veio em minha direção, levava no rosto um franzir desconfiado.

Foi quando vi que uma mulher me observava da soleira de sua porta.

Apenas lhe dirigi o olhar e a mulher voltou para casa, assustada.

Algo estava errado.

O silêncio pesava.

Lancei um olhar discreto para o carro, certificando-me de que ele ainda estava ali.

Ouvi um barulho na relva, alguém se aproximava.

— *Bonjour?* – arrisquei.

— *Mboté* – Amadou procurava de onde vinha o ruído.

— *Hello!*

Prestige andava com passos incertos. Levava os ombros curvados, os olhos baixos, não era a garota intrépida que eu havia conhecido no dia anterior.

Pegou na minha mão. Precisava falar comigo. Urgente.

Olhou para trás, como se a estivessem seguindo.

Agora seu inglês certeiro dava lugar a uma fala desordenada, misturando francês e lingala.

— Ninguém vem hoje. Uma mais velha. Uma mulher mais velha. Uma bruxa. É isso, uma bruxa disse que os brancos nos fariam mal. Ela disse que vamos morrer. E isso os adultos não deixam. Tenho que ir. Vão também. Vão embora.

Por um momento, observei Prestige correr de volta para seu esconderijo.

Normalmente eu ficaria ali. Parada. Encontraria outra solução. Respeitaria sua decisão.

Mas não hoje

hoje

corri atrás de Prestige.

Minhas pernas antecederam o resto do meu corpo e, por sorte, elas ainda eram um pouco mais longas que as de Prestige, de tal forma que a alcancei em poucos passos. Chegamos a seu esconderijo, uma parte mais reclusa do vilarejo onde ela espreitava com várias crianças. Elas me olhavam, assustadas. Prestige era a maior. Estufou o peito e me encarou. Estava pronta. Mal sabia para quê. Eu a encarava também. Ela não tinha um plano. Eu também não. Eu nem sabia por que insistia tanto. Não era a filmagem que estava em jogo. Era outra coisa. Era a minha capacidade de tomar as rédeas da própria vida quando tudo fugia do controle.

Vi o medo em seus olhos.

Era não poder prometer a Prestige que nada de mau lhes aconteceria. As filmagens seriam certamente tranquilas. Mas e depois? Quais seriam as consequências daquela campanha perversa?

Eu era incapaz de protegê-las.

Eu era incapaz de proteger a Prestige.

Eu era incapaz de proteger a Samuel.

Eu era incapaz de proteger a mim mesma.

Enquanto Prestige e as outras crianças me encaravam, sentei-me. Após tanto me debater, me entregava à areia movediça.

Abandonei meu corpo ao chão, a cabeça entre os joelhos.

Eu não via mais os contornos do mundo.

As crianças deram um passo para trás.

Não sei quanto tempo fiquei ali.

Amadou veio e foi embora. Inácio veio e foi embora.

De alguma forma, eles convenceram as crianças a participar das filmagens.

Amadou mostrava vídeos em seu celular aos adultos do vilarejo, provando que uma filmagem nada tinha de mal.

Inácio brincava de adoletá com as crianças. Ele em português, elas em lingala.

Prestige ficou sentada ali o tempo todo, ao meu lado, em silêncio, até que disse:

— Fica tranquila. Vai ficar tudo bem com você.

Levantei a cabeça e perguntei:

— E com você?

Ela completou, sem responder.

— Sabe como eu sei? A bruxa sou eu.

E então fez um gesto com o indicador à frente dos lábios pedindo segredo e saiu, saltitante.

Foi quando uma sombra cobriu o sol.

Olhei para cima em um movimento contido.

Quando se cai na areia movediça, é melhor comedir-se. Caso contrário, a agitação dos músculos pode fazer com que o corpo afunde cada vez mais rápido.

Amadou me estendeu a mão como quem estende um galho.

Segurei em seu braço e me reergui.

Olhei para Prestige, que brincava de adoletá não muito longe dali.

Ela me sorriu.

Sorri de volta.

DIA 22

O rio tinha nome de mulher.

Não era um furacão
e ainda
tinha nome de mulher:

Alima.

Eu sentia um novo tipo de solidão, ainda mais forte. Como uma
bactéria que resiste aos antibióticos.

Um pouco antes do horário habitual, Leila bateu à porta. Fiquei
feliz ao pensar que talvez em segredo pudéssemos manter os rituais
que nos uniam.

Terminei de me calçar correndo, sabendo que ela estaria faminta.
Leila sempre estava faminta antes do café da manhã.

Abri a porta para Amadou. Do alto de seus quase dois metros, ele era
muito maior do que eu e quase todas as pessoas com que cruzávamos.

— Está pronta para o café da manhã? – perguntou.

— Descerei em breve.

— Então se apresse. Te espero.

Encarei-o com descrença.

— Te espero – ele repetiu.

Peguei minha mochila e fechei a porta atrás de mim.

Enquanto eu avançava em direção às escadas, Amadou me acompanhava, alguns passos atrás. Seu andar rimando com o meu.

— Vamos de elevador – ele disse.

— Prefiro as escadas – repliquei

— Vamos de elevador.

Amadou marchava agora à minha frente. Afirmativo como um cão pastor e seu bando de ovelhas era eu.

A espera do elevador no prédio de três andares pareceu infinita.

Um elevador panorâmico descendo em direção ao hall vazio com as luzes apagadas.

Quando chegamos à mesa do café, Carlos estava lá. Tentei agradecer sua presença com um olhar mudo que ao mesmo tempo pedia socorro.

Amadou puxou uma cadeira para mim – mais uma ordem que uma gentileza, sentou-se ao meu lado e depois, pediu café para nós dois.

Meu celular vibrou sobre a mesa.

A tela acesa mostrava um número desconhecido com prefixo congolês:

"*Mbeauté*"

Uma palavra que acordou o sol. E fez com que de repente todo o salão ficasse alaranjado com partículas que pairavam sobre as primeiras horas do dia.

Senti que o sol em mim também despertava. Irradiava e os raios escapavam pelas minhas orelhas, olhos, umbigo. Cuidei para manter a boca fechada e não cegar as outras pessoas no salão.

Amadou me fez sombra.

— Você não vai responder à mensagem de Samuel?

Fez uma pausa antes de seu nome – como se o sublinhasse.

Eu desejei que Amadou partisse em mil pedacinhos como um asteroide que entra na órbita da Terra quando, sob seu olhar vigilante, me obriguei a responder Samuel com um simples

"*Salut*".

Sabia que era Samuel a razão pela qual Amadou me seguia.

Entendi que era Amadou a razão pela qual Samuel me escrevia.

Todo o resto eu ignorava.

Por que Amadou se importava com Samuel?

E por que, depois daquela renúncia definitiva, Samuel escolhera se manifestar sob o olhar inquisidor de Amadou?

Se é que ele sabia.

Não entendia que linhas invisíveis ligavam os dois.

140

Mas eu não queria ser seu baricentro.

Com o olhar, Amadou sugeriu que eu deixasse meu celular à vista.

"Como você está?" – Samuel perguntava.

— Você não vai responder? – Amadou perguntava.

Digitei "Bem" e enquanto não completei com um "E você?", Amadou recusou-se a servir minha xícara com o café do bule que uma das garçonetes havia acabado de trazer.

Eu esperava que o meu tom e a pausa entre as duas mensagens fossem suficientes para que Samuel entendesse, caso já não soubesse, estar sendo observado.

Os olhos de Amadou se acenderam quando a mensagem chegou: "Também, obrigado."

Encarei o celular com força, como se meu olhar pudesse extrair qualquer entendimento mais completo daquela frase. De Samuel.

Descrições detalhadas sobre seus dias.

Se está em segurança.

Se pensou em mim.

Palavras com formas, texturas, braços. Mesmo que esses braços estivessem prontos para me estrangular.

Para nos estrangular pelo nosso descuido.

De repente, pensei:

Talvez Samuel não saiba de Amadou.

Não tenha uma agenda.

Foi uma coincidência.

Se arrependera?

Escreveu apenas por educação

ou para manter-me

dele

por mais tempo.

Por *usucapião*, ocupando-me.

Eu era uma casa vazia

da qual ele se cansava.

Três mensagens, foi o que durou.

Meu desalento foi tal que Amadou até desviou o olhar.

Samuel era um lar no qual eu sabia que poderia ser
feliz
mas que teria que abandonar
um dia
de repente
sem fazer as malas
levando apenas as roupas do corpo
guardando a chave da porta da frente
mesmo sabendo que eu nunca poderia voltar.

Samuel era uma casa em chamas.

•

No banco de trás da caminhonete de cabine dupla, Amadou insistiu
que eu me sentasse ao seu lado de maneira que deve ter considerado
lisonjeira.

Pegaríamos estradas sinuosas e ele queria garantir que eu estaria
segura, ou colar seu corpo ao meu nas curvas. Riu.

Alberto riu também.

Passei todo o trajeto ao lado de Amadou enquanto buscávamos uma
paisagem bonita à margem do rio para as filmagens do dia. Leila e
Carlos nos seguiam em outro carro.

Alberto decidira de última hora que queria uma bela imagem do
Alima, rio em que Sassou se banhara quando criança.

Viajamos por horas e horas sem resultados.

As estradas eram tortuosas.

A cada curva, nos dávamos conta de que o rio estava poluído ou
rodeado de miseráveis.

Amadou queria que filmássemos ali mesmo. Defendia que Sassou
fora pobre e que não devia ter nadado em um rio muito diferente desse. Além do mais, era importante mostrar Alima como estava: degene-
rada, imprópria para banho.

Do outro lado, estava Alberto.

Dizia que deveríamos encontrar um lugar limpo.

De-cen-te.

Amadou argumentou: ao ver o estado verdadeiro de Alima, de suas margens, talvez Sassou fizesse algo para resgatá-la.

Alberto não lhe deu atenção. E declarou a si próprio vencedor do debate.

Amadou então se calou. Me surpreendera sua paixão ao defender o rio, as pessoas em volta. Seu brio, apesar da natureza disciplinada. Mas seu senso do dever logo falou mais alto.

E como se, de repente, tivesse se lembrado de seu ofício, Amadou disse que conhecia um lugar.

Então, nos falou pela primeira vez de Tchikapika.

Amadou disse que Tchikapika era um vilarejo pouco conhecido à margem do Alima.

Pediu meu telefone para buscar uma foto. O seu estava sem bateria. Ao que o encarei com desconfiança, ele pareceu ter se lembrado do episódio inquisitório daquela manhã e apenas me pediu que procurasse o nome do vilarejo no Google.

Amadou estava confuso, hesitante, parecia acuado. Entendi que aquela conversa com Alberto tinha quebrado algo dentro dele. Um golpe de enxada que atingira suas raízes. E agora, ao levar estas pessoas estrangeiras a um canto recluso de Alima, cometia um tipo de traição às convicções que fora incapaz de defender.

Ele respirou fundo e disse que nos guiaria, chegaríamos a tempo de filmar o pôr do sol.

Enviei uma mensagem ao outro carro, instruindo que Carlos e Leila nos seguissem.

Tchikapika não estava no mapa.

•

As copas das árvores muito mais velhas do que nossas idades somadas às nuvens espessas davam a impressão de noite.

A chuva havia dado uma trégua.

Passamos por um vilarejo como até então eu não tinha visto. Era todo voltado para a estrada, ao contrário dos outros vilarejos nos quais algo sempre parecia estar oculto aos olhos passantes. Ali, tínhamos certeza de que cada detalhe havia sido concebido para estar à mostra dos poucos carros que passavam.

Inácio reduziu a velocidade.

As construções tinham algo de Taj Mahal. Algo de artificialmente branco. Algo de místico.

As paredes de gesso reluziam, as janelas eram grandes, envidraçadas e as luzes acesas mostravam a presença de ninguém – ou de uma só pessoa. Por um momento, pensei ter notado um homem, mas não ousei perguntar se alguém mais o tinha visto.

Uma fonte branca, provavelmente de mármore, era iluminada de azul. Dela não jorrava nenhuma gota d'água. Ela ocupava o que parecia ser o ponto médio daquele vilarejo-reta.

Desde pequena, as fontes me decepcionam. Um jorrar solitário de água não potável sem espaço para se banhar. Um estorvo nas praças centrais, forçando as mães vigilantes a pegar os filhos pelos braços e os salvar da atração infalível da água. Da leptospirose ou da urina de boêmios.

A fonte de minha cidade sempre esteve desativada, coberta por uma camada de limo verde-escuro e, no dia em que resolveram ligá-la, encheram-na também de sabão em pó numa tentativa higienista.

Até o coreto ao lado encheu-se de espuma.

Disseram que foi lindo, mas era tarde demais.

Eu já não poderia voltar.

A fonte daquele vilarejo à beira da estrada parecia intrusa, supérflua. A luz azul acesa para ninguém lhe atribuía uma solidão lúgubre. Um arrepio frio percorreu o interior do carro e, apesar dos olhares perplexos, Amadou se negou a dar qualquer explicação.

De repente, a aparição brusca de um avestruz que atravessou o vilarejo e se lançou na frente do carro fez com que Inácio freasse com brusquidão.

Ileso, o animal seguiu sua rota.

Seguimos também.

•

Sob o comando distraído de Amadou, Inácio virou à esquerda. Entramos em uma estrada de terra, na qual só passava um carro por vez.

De um lado, um córrego.

Do outro, também.

Talvez formados pela tempestade que havia voltado a cair, torrencial.

Mais de uma vez, nos perguntamos se não era melhor dar meia-volta, mas Alberto insistia em realizar as tomadas ainda hoje.

O marrom da lama brilhava, polida pelo molhar de muitas chuvas. A água acumulada formava uma camada fina e escorregadia, como até agora eu só havia visto sobre o asfalto quando a neve começava a derreter.

O carro tentava avançar na estrada resvaladiça, mas a cada freada, derrapava. Movia-se como um compasso cravado por mãos pouco hábeis – as rodas da frente instavelmente pregadas ao chão enquanto as traseiras desenhavam semicircunferências.

Quando olhei para trás, vi que a caminhonete em que estavam Leila e Carlos derrapava e se aproximava perigosamente do regato que corria na lateral. Entendi que assim também se movia nosso carro.

Buscando uma rota de fuga, abri a janela

e percebi que a chuva cessava.

A estrada parecia estranhamente seca naquele trecho. Ao longe, víamos alguns raios de sol se refletirem no rio Alima, que despontava.

Havia também uma torre de telefonia.

Todos nossos celulares vibraram ao mesmo tempo.

Os olhos de Amadou se dirigiram como por instinto à minha tela, mas logo mudaram de direção e encontraram meus olhos.

E então, desviaram-se.

Guardei meu celular antes de ver qualquer notificação.

Queria que o agora fosse só meu – o medo, a náusea, o desatino.

Queria aproveitar o gosto da bile na boca, como se tivesse lambido quinhentos envelopes selando cartas que carregam más notícias.

•

Quando saí do carro, sentia minhas pernas imbuídas de um desejo próprio. Não comecei a descarregar os equipamentos, a distribuir garrafas de água, nem perguntei se alguém precisava de ajuda, como costumava fazer.

Andei até as margens do Alima como quem anda até o fim do mundo.

Como quem anda na prancha de um navio em alto-mar – sabendo que algo mudaria para sempre.

Eu mirava o pôr do sol e caminhava.

O terreno arenoso se espalhava por quilômetros e quilômetros. O rio era vasto, mas via-se a outra margem. Era grande como se tivesse vocação de oceano. Como se nos alertasse que ainda vivemos em uma pangeia e daqui a um milhão de anos as águas separarão todos os pedaços de chão e viveremos fragmentados.

Nesta margem do rio, a Floresta Equatorial.

Na mata espessa e, à primeira vista erma, as casas começavam a acender as primeiras chamas, preparando a chegada do crepúsculo.

Eu mirava o pôr do sol e caminhava.

Ao me perder do resto da equipe, passei a ouvir uma voz de mulher. Não fui criada com contos de sereia e – ainda que tivesse – continuaria andando.

E continuei.

Sabia que, mesmo que me levassem para o fundo, eu estaria segura.

Prendi a respiração ao me deparar com duas mulheres que lavavam roupas, apoiadas na margem arenosa. Batiam pedaços de pano contra as poucas pedras que despontavam.

Cantavam

elas e as pedras nas quais seus cantos ecoavam

elas e os lençóis aerados pelo bater brusco.

Serenas, como se as pedras estivessem ali só para elas.

Como se o rio estivesse ali só para elas.

Como se cada partícula de vida do universo

surgisse daquele momento

e

com seu canto

conseguissem recuperar a delicadeza do mundo.

Quando me aproximei, o impensável aconteceu:

elas não reagiram à minha presença.

Continuaram.

Reparei que as duas não cantavam a mesma letra, mas as notas se completavam em uma língua que parecia ter sido inventada para aquele canto.

As vogais, abertas, eram clareiras. Os silêncios, penumbras que permitiam que eu estivesse ali, escondida, imperceptível. Como se, por alguns instantes, minha presença não inspirasse o movimento de nenhuma partícula de luz ou matéria.

Continuaram.

Sentei-me à borda do rio, hipnotizada.

Seu cantar era um tipo de superpoder

mas o mundo ainda não estava pronto a ser salvo.

•

Não sei quanto tempo depois senti a mão de Amadou em meu ombro.

Ele não disse nada.

Com um sinal de cabeça, indicou que era hora de ir. O sol já havia se posto e as cabanas agora estalavam com a luz do fogo.

Amadou andava ao meu lado.

— Você ouviu aquelas mulheres? – perguntei, ainda em êxtase.

Amadou sorriu como quem sorri a uma criança fazendo uma pergunta óbvia que não tem resposta.

— Amadou, de que lado você está?

Ele sorriu como quem sorri a uma criança fazendo uma pergunta óbvia que não tem resposta.

Quando chegamos até a equipe, soube que encararia o olhar azedo de Alberto e, eventualmente, uma repreensão de Leila. Eu não poderia sumir assim. Ela tinha ficado preocupada, diria.

Ao me aproximar dos carros, vi que Carlos recolhia o equipamento.

Leila veio em minha direção e disse, cordial:

— Amadou me falou que você precisou dar uma volta porque estava passando mal, espero que esteja se sentindo melhor – e foi embora.

Intrigada, busquei o olhar de Amadou, mas ele já estava sentado dentro do carro.

Carlos andou em minha direção. Vinha a passos perigosamente largos e rápidos, tentando esquivar-se sem sucesso das armadilhas porosas da areia. Ele me mostrou as imagens do rio. Eram magníficas. O drone revelava águas azul-escuro sob um céu multicolor, contornados pela mata de muitos tons de verde.

Mas meus olhos se concentraram nas margens arenosas do rio.
Eu queria, eu precisava ver aquelas mulheres de novo. Como se pudesse voltar a dormir em meio a um sonho bom.
Pedi a Carlos que pausasse, que aproximasse a imagem.
Tirei o monitor da sua mão com um ímpeto, que fez com que ele me encarasse confuso.
Mas não vi nada.
O canto havia emudecido para sempre.
Constrangida, devolvi o monitor e Carlos se afastou com o andar afobado.
Todos já estavam nos carros.
Com o crepúsculo às minhas costas, a incerteza era a tônica dos meus passos lentos.
Como se eu aprendesse de novo a andar.
Como se eu andasse nas brasas já resfriadas de uma fogueira
que acolhem as solas dos pés em um aconchego morno
mas em que ainda reside o perigo do fogo.

Quando entrei no carro, sussurrei a Amadou:
— Você acha que Alima é um nome de mulher?

DIA 23

Aterrissamos em meio ao amarelo.

Dolisie parecia feita de areia.

O pequeno avião que ligava Oyo a Dolisie uma vez por semana estava quase vazio e, embora os assentos fossem idênticos, Alberto viajou na primeira classe.

Ao sair do avião, nos deparamos com uma bandeira do Congo cobrindo um caixão de madeira. Estremeci.

Minha primeira lembrança da morte é um deserto.

Uma briga, eu acho. De tiro ou de faca. Eu tinha cinco ou seis anos.

Um corpo caiu no terreno árido cobrindo a televisão de tubo. O pôr do sol iluminava o sertão trágico na novela das nove.

A morte é amarela.

Esperávamos na fila da imigração ao lado do caixão lacrado.

No Congo, como em qualquer lugar, as leis são variáveis.

O Sul era um território de exceção. Embora viéssemos do mesmo país, em Dolisie devíamos passar pela imigração interna. É uma daquelas regras tácitas que todo mundo conhece.

Abandonado pelo presidente, o Sul tinha fronteiras impermeáveis ao ofício assinado por Sassou, dizendo que trabalhamos para ele.

A hostilidade da região com relação ao presidente era também a principal razão pela qual filmávamos ali, argumentava Alberto – coesão nacional. "Precisamos de coesão nacional".

Um guarda verificava os documentos da equipe.

Olhei para Leila. Ela acenou com a cabeça, como quem diz: "é agora".

Fiquei para trás.

Alberto passou.

Carlos passou.

Amadou passou.

Leila passou.

Mas eu

— Não vamos poder deixá-la passar sem um passaporte original, *madame*.

Leila me olhou de canto de olho. Alberto, Carlos e Amadou já estavam do lado de fora do aeroporto, guardando suas malas no carro enviado pela Geosil.

— Só um minuto – eu disse ao guarda e dei um passo para o lado, para que os outros passageiros pudessem passar.

Leila foi até Alberto que já estava impaciente, perguntando por que demorávamos tanto. Pela janela de vidro impregnada de areia, os vi conversar. E conversar. Amadou interferiu. Carlos interferiu. E então, Alberto, resignado, entregou a Leila um documento azul no qual li os dizeres "República Federal do Brasil".

Ela entregou meu passaporte ao guarda da fronteira, que o devolveu em minhas mãos, sem fazer perguntas.

Ainda de longe, vi Leila erguer os ombros e Alberto fechar a cara.

O dia foi calmo, entre uma filmagem e outra. Guardei o passaporte na pochete e, de tempos em tempos, tocava o documento para me certificar de que ele ainda estava lá.

Seguimos em carros separados, mas sabia que Leila me sorria também.

•

Todos os lugares caros a Sassou eram cercados por militares. Assim também era a Árvore de Brazza, aonde fomos diretamente do aeroporto.

O baobá imponente fica à beira da rodovia que liga o norte ao sul do país. Era o único da sua espécie ali. Assistia sozinho ao cortejo fúnebre de caminhões em alta velocidade carregando toras de madeira de mais de dois metros de diâmetro. As árvores viajavam em direção ao porto de Pointe Noire e de lá, para o Atlântico.

Tal uma estátua soviética desmantelada, aquelas árvores eram símbolos de um sistema indesejado. Assim, as árvores seguiam resignadas aos seus destinos finais. Virariam papel em Saint-Gobain. Papéis nos quais se assinariam grandes tratados para a economia do Congo. Até mesmo o vazio deixado por elas era símbolo de progresso. As clareiras se tornariam pastos, de onde sairiam os bois a serem comidos para celebrar os acordos de um país de futuro glorioso.

De futuro glorioso.

Tentei tirar uma foto dos caminhões transportando toras de madeiras monumentais, mas um oficial se colocou à minha frente e, em silêncio, me fez entender que eu fotografava a árvore errada.

Alguns metros à frente, a equipe estava aos pés do baobá e observava as seis letras cravadas no tronco:

PRINCE.

A cicatriz que o mantinha em vida.

•

"Prince" foi o apelido de Sassou quando adolescente. A informação foi reforçada ao menos três vezes – pelo porteiro, pela coordenadora, pelo secretário do *Lycée d'Excellence* de Dolisie.

Do liceu saíram vários políticos, o alto escalão do governo congolês. Por ano, eram admitidos apenas vinte e tantos alunos.

Mas um fazia brilhar os olhos da reitora que acompanhou nossas filmagens:

PRINCE.

No pátio do recreio, os alunos nos observavam com uma curiosidade diligente. Nosso acenar, ignorado com firmeza.

Ao mínimo sinal da reitora, porém, eles se colocaram em formação linear e passaram a marchar.

Duas filas, uma ao lado da outra.

Um menino

uma menina.

Um
atrás
do
outro.

Alberto ficou boquiaberto. Pediu que os alunos continuassem sua marcha, que Carlos os filmasse.

Os alunos, vestidos com um mesmo uniforme cinza escuro, seguiam seus comandos, disciplinadamente. É como se houvesse um acordo tácito entre eles e a reitora de que toda a autoridade antes conferida a ela agora pertencia a Alberto. Quer dizer, pertencia a mim. Já que foi a mim que Alberto pediu que amplificasse suas ordens, aos gritos:

— *ALLEZ-Y MARCHEZ PLUS VITE S'IL VOUS PLAÎT. PLUS À DROITE. MOINS VITE MAINTENANT !*

Alberto tinha os olhos cheios de lágrimas.

— Este é o Congo, Manuela. Este é o Congo que *nós queremos*.

Mas não demorou muito para que ele achasse minha voz muito baixa, meus gestos muito contidos. Logo, era ele quem dirigia o grupo de estudantes.

Eu soube que Alberto entraria em êxtase quando ouvi a reitora gritar:

— *ET MAINTENANT, CHANTEZ LA CONGOLAISE.*

Enquanto se posicionavam em formação no pátio, os estudantes cantavam o hino nacional com uma afinação juvenil:

Vivons pour notre devise:
*Unité, Travail, Progrès.**

Foi no refrão que Alberto pegou a câmera das mãos de Carlos. Aquele momento era seu. Foi aí também que eu soube que poderia sair despercebida.

---

*Vivamos por nosso lema. Unidade, trabalho, progresso.

Estava sentada à sombra quando algumas meninas, também vestidas de cinza, se aproximaram. Me observavam cuidadosamente.

— Vocês não quiseram participar das filmagens? – perguntei.

Elas reagiram com um sobressalto, como se surpresas que eu pudesse falar. Ou que lhes falaria.

— Não – uma delas respondeu vagamente, após se entreolharem por alguns instantes, decidindo quem falaria pelo grupo.

— Que pena – eu disse.

— Queremos te perguntar uma coisa.

E depois

— Podemos encostar no seu cabelo?

De repente notei uma característica comum a todas elas. Tinha cabelos raspados ou muito curtos, em pequenos nós. Cabelos que algumas mulheres no Congo cobriam com perucas ou lenços. Ou com um quê de autodesacordo.

Guardadas as devidas proporções, lembrei-me de como meu cabelo dito "ruim" era comparado a vassouras piaçavas ou palhas de aço pelos meus colegas de escola. Senti o cheiro de amônia, de queimaduras no couro cabeludo, de formol até. Reconheci nelas ombros curvados pelo acumular do peso do olhar alheio.

— Podem – respondi hesitante.

E antes que terminasse a frase, elas se jogavam em minha direção, sussurrando de curiosidade e êxtase.

Eu sorri. Disse-lhes que ficava feliz. Era um tipo de redenção.

— A elite intelectual do Congo reunida em torno de meu cabelo. Espero que inteligência passe por osmose.

Elas riram.

Jogamos conversa fora por mais de uma hora enquanto algumas delas amassavam meus fios finos em suas mãos, como se fossem pintinhos muito delicados, que elas temiam asfixiar. Outras esticavam meus cachos com todo cuidado, como cientistas querendo testar os limites de um material.

Uma delas hesitou e acabou por não chegar perto, nem tocar em um fio, como se meus cabelos fossem cobras não peçonhentas que não ofereciam riscos, mas lhe causavam repulsa.

•

As ruas pareciam hostis no caminho para o hotel. O carro saltava a cada lombada alta demais. Avançávamos em câmera lenta e o olhar dos passantes se impunha sobre nós, curioso ou inquisidor.

Por alguma razão, o motorista havia deixado as luzes internas do carro acesas.

Passamos pelo centro de Dolisie, onde as casas apresentavam uma arquitetura colonial, cinematográfica. Tudo ali parecia impostor, como se a vida acontecesse por trás daquelas fachadas. A poucos quilômetros da floresta do Mayombe e do Oceano Atlântico, o ar de Dolisie era anticartograficamente empoeirado, irrespirável, como se até a natureza tivesse assinado um pacto para que aquele lugar fosse desconforme. Irresignado. A fachada impecável do prédio da prefeitura contrastava com a rua esburacada.

Tudo ali era estrangeiro, mas nós éramos mais.

Sozinha, no banco de trás do carro, lembrei-me do meu passaporte. Carregava-o como um prazer clandestino. Folheei as páginas, até encontrar um papel colado que antes não estava. O visto cor-de-rosa me dava autorização para ficar em território congolês durante um ano. Fora assinado por um coronel, dois dias depois da minha chegada ao país. Perguntei-me há quanto tempo Alberto mantinha consigo meu direito de ir e vir.

Guardei-o de novo. As arestas rígidas do passaporte roçavam em minha barriga todo o tempo, deixando uma marca vermelha.

Tal as letras cravadas no baobá
aquela cicatriz me tornava livre.

Chegamos ao Grande Hotel de Dolisie.

As paredes eram tingidas como se toda a poeira das ruas tivesse se fundido ao crepúsculo e depois se impregnado nos muros de maneira uniforme e disciplinada.

Como se o prédio quisesse se camuflar.

Enquanto Leila fazia os *check-ins*, Alberto me chamou ao seu lado. Não se importava se éramos ouvidos pelo resto da equipe, pelo atendente do hotel ou pelos novos motoristas que mal conhecíamos quando disse:

— Fique atenta, Manuela. Se você fizer algo estúpido, eu mesmo denuncio Samuel a Sassou. Inocente ou não.

E no balcão, pegou a chave da suíte de luxo.

DIA 24

Meus dias se passavam fragmentados, desordenados.

Acordei antes do despertador em um quarto sem janelas.

Não sabia de onde vinha a claridade.

Tirei o celular do modo avião para não receber notificação nenhuma.

Ou a propaganda de um programa de milhas.

Coloquei todos os meus pertences na mochila.

Trocaríamos de cidade mais uma vez. O voo de volta partiria de Pointe Noire, no litoral, já que nesta semana não sairiam mais voos de Dolisie em direção à capital.

Era um certo alívio voltar para Brazzaville. Queria estar em qualquer lugar que posso chamar de casa.

Além disso, agora tinha tudo de que precisava para voltar a São Paulo: meu passaporte e um pouco de dinheiro em conta para comprar a passagem sem depender da Geosil.

Mas do outro lado, Samuel.

Ir embora seria algo que Alberto consideraria

estúpido?

— Partimos hoje às três para Pointe Noire – Leila comunicou à equipe. – De lá, pegaremos o voo para Brazzaville amanhã de manhã.

No café da manhã, sentei-me ao lado de Carlos, enquanto Leila se reunia do outro lado da mesa com Alberto e Amadou para decidir a ordem do dia de filmagens.

Eu tentava refazer os passos de minhas palavras: eu havia mencionado Samuel a Sr. Torres? Não, certamente não.

Samuel era uma história que eu não contava nem a mim mesma com medo de saber o final.

Já haviam me alertado – em Brazzaville, os ouvidos estão em toda parte.

Carlos perguntou se estava tudo bem. Sorri como quem segura lágrimas.

— Você devia se orgulhar de não conseguir segurar o tranco. Eu tenho vergonha de me olhar no espelho toda manhã, porque eu não sinto mais nada. O salário no final do mês é a minha única redenção.

Dei um gole em meu café para justificar o silêncio.

— Antes fosse só uma questão ideológica.

— *Le coeur?* – e levou a mão ao peito.

Ergui os ombros.

— Alberto está blefando, Manu. Ele sabe que não te controla e tem medo do que você pode dizer chegando no Brasil.

— Só o que eu faço é ficar em silêncio, Carlos.

— É uma pena. Você parece ter muito a dizer.

— Você sabia sobre Samuel e eu?

— Todo mundo sabe, Manu. Seu rosto se ilumina quando você fala dele. E vice-versa. É uma pena que essa luz tenha que se apagar.

— É uma pena – repeti.

E depois:

— E vice-versa? – senti que meu rosto indiscreto se iluminava.

•

Do lado de fora do hotel, minha cabeça repousava a quilômetros de distância quando um

— *Bonjour!*

Me tirou dos meus pensamentos.

Ao lado da minivan da Geosil, um homem acenava.

— Não me apresentei ontem. Sou Richard, o motorista.

— Muito prazer, Richard. Sou Manuela.

Quem apertava a minha mão era um personagem que eu nunca poderia ter inventado: Richard usava um terno azul muito bem cortado, talvez o terno mais bem cortado que eu já tenha visto, que lhe caía como a um produtor que recebe o Oscar. Tinha correntes nos pulsos como um *rockstar* e amarrada à sua cabeça, uma bandana vermelha.

Quando ergueu os óculos escuros de aviador, notei que ele tinha um olho de vidro.

Sentei no banco da frente. Richard deixou a equipe na estação de trem, onde filmaríamos. Em seguida seguimos, ele e eu, até a prefeitura, onde eu pediria uma autorização pró-forma para as filmagens. Durante todo o trajeto, não conseguia tirar meus olhos de Richard. Nem tanto por sua aparência, mas porque nada nele pedia desculpas. Portava a si mesmo com naturalidade, mais do que qualquer pessoa que eu já conhecera. Era sereno a ponto de sua existência se fundir com a do mundo e eu o invejava.

Seus gestos eram claros, cristalinos. E foi por isso que notei quando lançou um olhar desconfiado a um táxi que não era como os demais. Era um carro verde, como os táxis de Brazzaville – e não vermelho como os de Dolisie. O carro tinha as janelas foscas, com insulfilme.

A perturbação em seu olhar era mínima, mas parecia um tsunami em uma praia de águas mansas. Perguntei se estava tudo bem.

Seu rosto alvoreceu com honestidade e ele respondeu:

— Sim.

Na prefeitura, o ofício assinado por Sassou nos rendeu a permissão para a filmagem, mesmo que o prefeito parecesse descontente em concedê-la.

Quando estacionamos de volta na estação de trem, notei a mesma perturbação anterior no olhar de Richard.

Ele levantou seus óculos escuros, seu único olho me olhava com intensidade. Era um olhar afetuoso que me fez perceber – Richard me conhecia ou, de alguma forma, me decifrava. Como em uma gangorra com um adulto, senti que nossa relação era desigual. Já que sobre ele, eu desconhecia absolutamente tudo.

Instintivamente, cruzei os braços em frente ao peito, como se seu olhar pudesse ver sob as camadas da minha pele e me fizesse sentir estranhamente acolhida.

Com um movimento de cabeça, ele apontou para o táxi verde de vidros foscos.

— Por favor, seja prudente.

No reflexo do olho de vidro de Richard, acreditei ter visto Samuel. Balancei a cabeça.

Eu precisava dormir.

Eu precisava voltar para casa e essa casa não poderia ser o olhar desabitado de um homem que eu mal conhecia.

Richard colocou de volta os óculos escuros.

•

A câmera já estava armada nos trilhos do trem.

Carlos não conseguia fechar um quadro.

Leila achava que aquelas filmagens eram uma perda de tempo.

Amadou reclamava.

Alberto estava profundamente decepcionado com todos.

Filmamos a estação porque foi supostamente ali que Sassou desembarcou para começar sua prestigiosa trajetória no *Lycée d'Excellence*.

Com as paredes de tinta amarela lascadas e uma camada de poeira espessa, a estação parecia abandonada. E, no entanto, fiquei surpresa quando Carlos retirou apressado o tripé dos trilhos porque o trem ainda passava em horários mais ou menos regulares.

Foi quando notei que éramos observados.

Entre o ir e vir de pessoas, uma sempre ficava.

Iam mulheres com grandes sacos plásticos, vinham crianças atadas a capulanas, iam meninos correndo soltos, vinham homens com o semblante cansado. O trem que chegava e partia de Dolisie era como um trem que chega ou parte às 11h30 da manhã em qualquer cidade.

O destino daquelas pessoas não era óbvio.

Como não é óbvio o destino das pessoas que viajam no meio do dia.

Os passageiros chegaram

outros embarcaram

mas um olhar ficou

pousado sobre nós

insistente

enquanto Alberto invalidava mais um *take*, Carlos trocava de lentes, Amadou reclamava do calor e Leila fazia um relatório.

Eu deveria avisar alguém?

A ideia me pareceu absurda. E ao mesmo tempo, sensata.

E quando ponderava sobre o que fazer, minhas pernas caminhavam imprudentes, como se todo meu corpo fosse um quebra-cabeça mal montado cujas partes, de repente, se desvencilharam uma das outras e entraram em desacordo. Com os nervos basculantes, sem um plano concreto, eu caminhava em direção a esse olhar inoportuno. Quando terei o controle do meu caminhar? Era o que pensava quando senti meu braço puxado com força, seguido de todo meu corpo, para dentro de uma sala úmida e escura da estação. Só tive tempo de ouvir que a fechadura se trancava antes de cair na escuridão.

•

No escuro, as formas pouco a pouco ganhavam contornos com o dilatar das pupilas. Mas foi pelo seu cheiro que o reconheci, uma mistura de tabaco solto com amaciante de coco. Apenas me empurrou, Samuel já se desculpava.

— Não queria te assustar, mas ninguém pode nos ver juntos.

Meu corpo ainda fragmentado.

Meu coração palpitava como se fosse ganhar vida própria, partir as costelas e sair voando para longe. Meu braço direito batia com força contra o peito de Samuel enquanto o esquerdo o abraçava. Minhas duas pernas entrelaçaram sua cintura em um salto – e agora com a mesma altura de Samuel, minha boca hesitava entre mordê-lo com raiva, corresponder a seus beijos ou ofendê-lo sem elevar a voz:

— *Tu es impossible* – ao que ele não respondia.

Em nenhum momento me perguntei a que servia aquela sala, mas sentia em minhas costas nuas a umidade das paredes e, pela fresta de luz, identificava alguns objetos armazenados. O corpo de Samuel se escorava à porta.

Nos beijamos em condição de derrota.

Eu sabia que Samuel não tinha dirigido até Dolisie para se trancar comigo em um depósito.

Ao contrário, talvez aquele encontro o colocasse em perigo.

Quanto a mim, também estivera disposta a nunca mais me aproximar dele, embora os perigos fossem outros – muito mais interiores.

Fomos vencidos pelos nossos próprios corpos, mostrando que nossas intenções serviam para menos que nada. Vi em seu ombro um grande curativo. Perguntei como havia se machucado, mas ele não respondeu.

Não éramos nada mais que calor e excessos. Iguais e complementares, duas chamas que se alimentam. Fogo fátuo. Aurora boreal. Um erro da natureza que a torna ainda mais perfeita. Um conforto sublime demais para ser atribuído por erro a dois seres terrenos.

Sob minhas coxas, a condição do mundo se alterava. O colo de Samuel era agora de uma solidez orgânica de movimentos involuntários. Sua calça de linho deu espaço para que o tecido de sua pele tocasse na minha em uma fricção tranquila e úmida que reconciliou todas as partes de nossos corpos entre si.

E um com o outro.

Meus calafrios eram seguidos dos seus e, apesar dos mais de 40 graus na sala úmida, respirávamos em uma só e tranquila cadência.

Quando nossos corpos inflamaram-se juntos, me agarrei a seu pescoço e deixei-me levar pela correnteza.

Imergimos.

Retomamos o fôlego.

Uma vez na superfície, sorrimos um para outro, certificando-nos de que ainda estávamos lá.

E foi apenas quando seu corpo se curvou contra o meu, quando senti seu peito massivo sob a camisa semidesabotoada em minhas escápulas, apenas aí soube que nossos corpos se fundiam.

E nos abandonávamos ao inevitável.

Minutos atrás, tudo poderia mudar.

Estivessem as cartas ainda na mesa, poderíamos virar o jogo.

Mas não mais.

Samuel colocou a mão em meu rosto e perguntou se eu estava bem.

— Tudo bem – respondi.

Ficamos em silêncio. Por um momento, eu sentia como se tivesse retomado o controle sobre meu corpo, reatado as peças soltas.

Ele disse que tinha que ir.

— Nos vemos de novo? – hesitei.

— Melhor que seja uma despedida. Eu sei que Alberto me ameaça, mas insisto: é melhor para nós dois que você vá embora.

E fechou a porta sem olhar para trás.

Desejei que o suor que ficou colado ao meu corpo pudesse me trazer um pouco de sua convicção.

Era como se a troca de nossos fluídos tivesse sido um vislumbre do que eu poderia ser ao lado dele, uma cola de efeito rápido na qual eu estava viciada, capaz de me tornar uma pessoa completa, satisfeita, inteira.

Mas a frieza da ausência a desfazia e, quando eu me dei conta, despedaçava-me uma vez mais.

•

Contei até 180 antes de sair do cômodo apertado.

Aliás, tentei contar, mas não podia.

Não conseguia aquietar-me, ao pensar: Samuel e eu vivíamos uma história de amor ou a história de uma nação imperialista que se apropria dos recursos de outra para se fortalecer?

Fechei a porta atrás de mim e olhei para os lados: ninguém me observava.

Caminhei em direção à linha de trem, onde a equipe estaria filmando a enésima tomada.

Devia ser um intervalo entre trens, pois a estação estava vazia. Não havia mais sinal de Samuel. Ou daqueles que esperavam pelo próximo trem.

Só o ar quente e empoeirado de Dolisie.

Os trilhos estavam igualmente vazios.

Segundo o relógio da estação, faltavam cinco para as três. Às três em ponto, partiríamos para Pointe Noire. A equipe havia ido embora e eu não fazia a mínima ideia de como chegar até o hotel.

Só então peguei meu celular para encontrar vinte mensagens de Leila perguntando onde eu estava, se estava bem, o que raios havia passado pela minha cabeça em sumir assim. Respondi que estava na estação.

•

Dez minutos depois, vi a van de Richard, com Leila no banco do passageiro. Ficamos em silêncio durante todo o trajeto até o hotel. Continuei no banco de trás, enquanto Leila desceu do carro para chamar o resto da equipe.

— Então é você a amiga de Samuel?

Richard me olhava com o mesmo sorriso sereno.

— Você o conhece?

— Não por esse nome – riu. – Mas, sim, Samuel é meu irmão.

Não lhe perguntei se de sangue ou de afeição.

— Você lhe disse como me encontrar?

Richard ficou em silêncio e reconheci o mesmo silêncio de Samuel.

— Quando fiquei assim – apontou para o olho de vidro – foi Samuel que me salvou. Ele escapou por pouco.

Em minha cabeça, um ligue os pontos em braile, um quebra-cabeça de dez mil peças de um quadro de Pierre Soulages. Eu tinha tantas perguntas, mas não conseguia dizer nada. Como se o cabo entre minhas dúvidas e minha voz estivesse cortado.

Richard mudou de assunto quando o resto da equipe entrou no carro. Fiquei aliviada quando vi que Carlos tinha se sentado do meu lado. Dirigiu-me um sorriso cúmplice, que eu respondi com um erguer de ombros.

Durante os minutos seguintes, fechei os olhos e me abandonei, tentando guardar em meu corpo cada resquício da memória de Samuel.

•

Acho que foi contemplar o verde quase fluorescente do Mayombe que me impediu de vomitar nas curvas sinuosas da estrada até Pointe Noire.

Eu poderia ir embora quando quisesse. Deveria estar feliz, afinal é o que tinha desejado desde que cheguei no Congo.

Estaria segura.

Samuel estaria seguro – ele mesmo dissera.

Com os olhos fixos na floresta, eu tentava juntar os pedaços de Samuel em uma versão que fosse só minha. Não conseguia conceber uma existência completa para ele. É como se, nos hiatos em que não estamos juntos, ele se mudasse para outra dimensão em que o tempo fica parado.

E, no entanto, Samuel era só isso: hiatos.

DIA 25

Naquela madrugada, apesar dos lençóis egípcios e do ar-condicionado regulado na temperatura perfeita para não ser notado, não consegui dormir.
Meu coração batia em todos os cantos do cômodo.
Insone, digitei em meu celular três mensagens e as salvei no rascunho.

"Vamos conversar sobre o que pode ser de nós"
"Quero construir algo com você"
"Eu mudei de ideia"
Uma para cada um:
Samuel.
Michel.
Alberto.

Não necessariamente nessa ordem.
Se eu enviasse qualquer uma delas, minha vida poderia tomar um rumo distinto.
E era exatamente o que eu queria:
Um destino indômito – que não dependesse mais de mim. Montar em uma fera indomável, dar as rédeas da minha vida a outra pessoa e dizer:

— Aqui está, me leve para onde quiser. Eu também não sei o que estou fazendo.

Fazia muito calor. Como se, de uma hora para outra, todos os parâmetros daquele meu universo controlado estivessem desconfigurados.

Foi o vento que abriu as janelas sem grades – ou talvez tenha sido eu mesma.

Saí do quarto térreo, escalando a grade de um metro e meio que me separava do jardim. Passei pela piscina que fingia desembocar no mar e caminhei até a praia.

O mar de Pointe Noire é habitado por espíritos, como todos são: *Tchikambissie*, a sereia mãe capaz de gestos generosos e cruéis.

A população do Congo não costuma se lançar ao mar por lazer. Ao contrário, demora-se para ouvir suas vozes. A lenda diz que as sereias de Pointe Noire não hesitam em levar seus visitantes a alguma Atlântida ainda não descoberta, pois elas sabem que aqueles que se entregam às águas são os que preferem fazer do mar
 morada.

Sem lua, a praia estava escura e a água, imóvel, como se fosse constituída de algum material denso, muito mais denso que os fluídos do corpo humano.

Mas não era.

Abandonei às sereias meu corpo e deixei que me puxassem para baixo. Deixei que me acompanhassem ao fundo, enquanto me encantavam com carícias em forma de leves ondulações gélidas contra o corpo ainda quente – promessas em estado líquido ocupando todas minhas cavidades e chamando ao fundo.

Juras de um mundo turvo, salgado e aprazível.

E enquanto afundava, entreguei-lhes as rédeas.

Não estava mais no controle.

Nunca estivera.

•

Sentei-me à cama.

Os cabelos escorrendo uma mancha úmida nos lençóis, eu sabia pela primeira vez o que fazer. Esvaziando minha conta bancária, comprei uma passagem de volta para São Paulo.

•

Em Brazzaville, Olivier foi nos buscar no aeroporto.

Faltava um lugar no carro e eu disse que não se preocupassem – voltaria de ônibus, ao que todos se opuseram, dizendo que era perigoso, que eu me perderia, que nem imaginava como eram os ônibus ali, que eu pegasse pelo menos um táxi.

Ergui os ombros e caminhei em direção ao ponto de ônibus – na parte externa do complexo do aeroporto.

Ouvi que alguém me seguia, com passos curtos e apressados.

Mas eu não queria ser protegida ou acompanhada.

Olhei para trás. Leila não carregava mais sua mala de viagem.

— Espera. Eu vou com você, vamos chamar um táxi.

— Eu disse que pegaria um ônibus. Você pode pegar o mesmo, se quiser.

Leila bufou.

— Tudo bem, vamos de ônibus.

Logo que chegamos ao ponto, um ônibus se aproximou indicando "Brazzaville Centre". Subimos. Ele era pequeno, quase uma van. Paguei as duas passagens ao motorista. Apoiei os pés na caixa de câmbio vibrante e observei o asfalto descontínuo através de um buraco oportuno no chão do veículo.

— Ainda não te agradeci – eu disse a Leila.

— Fico feliz que você tenha recuperado seu passaporte.

— Seu plano foi brilhante. Você é brilhante.

Tentei abraçá-la quando passamos por um buraco e minha testa bateu desastradamente contra seu queixo. Me desculpei.

— Manuela, o que você tem?

— Como assim?

— Não sei. Parece tranquila. E você nunca parece tranquila.

Ergui os ombros.

— Foi um canto de sereia.

Leila riu.

— Vou embora daqui a três dias – respondi.

●

Mais tarde, decidimos almoçar no Centro Cultural Francês, era uma despedida tácita. Pedimos uma Ngok e uma Heineken enquanto observávamos o movimento de pessoas. Um grupo de *habitués*, alguns dançarinos de rumba, franceses, Leila, eu.

Bebericando sua *long neck*, Leila me perguntou por que eu sempre pedia Ngoks, mesmo sabendo que elas sempre vinham um pouco mornas, mas eu não sabia responder. Pensei em dizer:

— Queria que a vida fosse servida um pouco morna também.

Mas pareceu descabido.

Falávamos de coisas desimportantes para cobrir o silêncio, mas, ainda assim, falávamos baixo. A repressão agia em nossas cordas vocais. Ao cotidiano tínhamos tanto medo de sermos ouvidas que sussurrávamos mesmo ao falar de música pop ou cortes de tecido.

E não éramos as únicas.

Brazzaville era um sussurro.

Eu tentava convencer Leila a ler o último livro da Marie NDiaye, quando uma mulher de vestido vermelho muito agarrado ao corpo muito magro cutucou seu braço. A mulher congolesa estava de pé, ao lado da mesa dos expatriados franceses. Sua outra mão acariciava o ombro de um deles lascivamente.

— Vocês acham que sou bonita?

— Sim, claro – respondemos em uníssono.

— Então digam para ele ficar comigo.

Olhamos para ele, um homem atarracado, com o olhar sem brilho. Ele nos mostrou as palmas das mãos como se desculpando, ou melhor, abstendo-se.

— Por que ele não quer ficar com você? – Leila perguntou.

— Eu também não sei. Olhe para mim – respondeu a mulher. Havia existido uma beleza. Isso é verdade. Mas ela fora soterrada pelos escombros de uma vida cujas armações não puderam suportar o peso.

A magreza de seu corpo não era devido a exercícios físicos e uma dieta equilibrada.

As covinhas em suas bochechas já haviam enterrados muitos risos.

A mulher logo passou a nos ignorar como se tivesse algo mais importante a fazer e trocou de alvo. Ela agora apalpava um outro moço sentado à mesa dos franceses. Bajulado, ele deixava que ela acariciasse seus ombros, ria.

— Me desculpe se ela incomodou vocês. Posso pagar uma bebida para compensar – disse o homem atarracado.

— Você não tem que se desculpar por ela – respondi, talvez de forma mais ríspida do que gostaria.

— Tenho sim. Tenho que me desculpar. Afinal, sou um homem branco europeu.

Leila e eu nos encaramos, intrigadas.

Não era o que estávamos esperando ouvir. Não respondemos. Sabíamos que ele continuaria. Eles sempre continuam. Ele continuou:

— Hoje em dia, ser um homem branco na África é um peso. Você tem que pagar por tudo, se é que vocês me entendem.

Sabíamos que ele explicaria. Eles sempre explicam. Ele explicou:

— Por sexo. Você tem que pagar por sexo! É uma obrigação quando você chega aqui. É tipo dar gorjeta, você meio que se vê forçado a fazer isso, sabe?

— Nem imagino como deve ser difícil – respondi séria, enquanto Leila segurava o riso e me dava chutinhos sob a mesa.

— Pois é, vocês não imaginam mesmo.

— Porque não temos um pinto.

— Isso! – ele respondeu, rindo constrangido.

— Que seria tipo... podemos dizer... um fardo?

— Isso! – agora ele estava em êxtase.

— O fardo do pinto branco. Hum. Interessante.

Leila não se aguentou e riu, cuspindo o último gole da sua Heineken.

O homem engoliu o sorriso que levava até então.

— Vocês feministas não entendem nada. Só ficam criando picuinha e ignorando o que realmente importa: o sentimento humano.

Ele se virou de volta a seus companheiros sem esperar uma resposta.

Leila e eu nos entreolhamos.

O moço fardudo havia acabado de chamar a mulher de vermelho para perto de si. Ela se sentava em seu colo.

Agora o homem deixava-se acariciar. Ria das investidas dela como se ri para uma plateia. Passava-lhe notas de 10 euros.

De repente, me senti envergonhada.

Fora de lugar.

Quis desabitar-me.

Desviei o olhar daquele homem e do meu próprio ridículo.

— O mundo não vai se salvar só para você ter sua redenção – acho que Leila disse.

Sentia-me vencida.

Por que eu nunca me contentava em abandonar o mundo à sua própria sorte?

Deixei vinte mil francos CFA na mesa e saí do bar em silêncio. Quando vi que Leila se aproximava, acenei para um táxi.

Ficamos caladas durante toda a viagem.

Chegamos enfim à locação das filmagens daquela tarde, o hospital de paredes vazias.

Senti um calafrio e me perguntei se era possível que o lugar guardasse traumas futuros.

Colocamos capacetes amarelos, como indicou o engenheiro responsável pela obra. Não havia muito trabalho a fazer. Vigiávamos para que nenhum operário desavisado passasse em frente à câmera. Vez ou outra, eu trazia uma garrafa de água para Carlos.

Na maior parte do tempo, vagávamos. Andávamos pelas paredes vazias do hospital vazio, pelo chão de terra batida que um dia seria asseptizado com água sanitária e pisado pelo correr de enfermeiras ágeis.

Por ora, a maioria dos trabalhadores – portugueses, brasileiros ou congoleses – não respondia aos meus cumprimentos. Carregavam sacas de areia, batiam cimento sob o sol a pino.

Logo, eles se tornaram para mim como os fantasmas de Marienbad. Repetiam gestos que pareciam pertencer a outra dimensão.

Estavam ali.

Se existiam ou não, era irrelevante.

As paredes do hospital formavam um labirinto pelo qual eu caminhava sem saber onde chegar.

Eu nunca sabia

mas sempre caminhava.

Parei no meio de um grande saguão, inspirei o ar empoeirado da construção. Estava exausta de não saber para onde ir.

Mas, no fundo, alguém sabia?

A estada no Congo havia me ensinado uma coisa: o mundo é comandado por homens vaidosos que não sabem o que fazem.

Que não têm a mínima ideia.

Eu também não sei o que faço.

Não tenho a mínima ideia.

E o desgoverno mora no tentar esconder a própria dúvida.

Eu estava perdida. Mas, desta vez, assumia: eu estava desavergonhadamente perdida.

— *Je sais pas quoi faire!* – gritei. Ecoando a frase de Anna Karenina que soava em minha cabeça mesmo antes de assistir *Pierrot Le Fou*.

A voz de Leila respondeu:

— *Qu'est-ce que je peux faire ?*

Continuei correndo pelo labirinto, sem vê-la.

Eu gritei:

— Não quero mais me calar!

E ela:

— Não quero mais Alberto!

Eu gritei:

— Tenho medo de voltar!

E ela:

— Tenho medo de ficar!

Gritamos como quem desentope um encanamento com ácido. Gritamos contra os imperialistas. Contra os racistas funestos. Contra nossos demônios. Contra nossos medos. Até mesmo uma contra a outra.

Gritamos contra nosso silêncio.

Gritamos só para garantir que ainda havia voz.

Uma vez roucas, nos abraçamos, rindo.

Voltamos para a casa exaustas, mas a pé. Em silêncio, mas não silenciadas.

De mãos dadas, falávamos apenas uma com a outra para sinalizar um cabo de eletricidade solto ou algum buraco na rua e dizer:

— Cuidado.

Como duas mulheres andam no mundo.

DIA 26

Sentei-me em cima da mala abarrotada de roupas que eu mal tinha usado.

Somados os oito cortes de tecido que eu havia comprado no Poto-poto, a mala pesava uns trinta e cinco quilos. Ou mais.

Na vinda, eu insisti que Michel me acompanhasse ao aeroporto. Na volta, eu estava sozinha.

Tentei levantá-la sem sucesso.

E mais uma vez.

E de novo.

Até que desisti e saí para qualquer lugar onde minha solidão não reverberasse. Eu era um edifício caído cuja demolição não estava nos planos.

Alguém precisava recolher os entulhos.

•

Fui até o escritório. Ao lado da minha mesa, pensei que encontraria Carlos tomando o terceiro café do dia, mas foi com Amadou que me deparei. Calado, jogando qualquer coisa em seu celular ligado ao cabo de uma das únicas tomadas disponíveis no escritório. Amadou estava esquecido em um canto tal um objeto de alta tecnologia que ficou obsoleto em muito menos tempo do que seu preço justificaria.

Tirei a enorme pasta de prestação de contas da estante. Amadou levantou o olhar. Notei que me observava, mas não me escondi.

Organizadas dentro da pasta, centenas de folhas e folhas de sulfite perfuradas, enumeradas. Coladas a elas inúmeros recibos impressos ou assinados à mão, notas fiscais, até alguns comprovantes de cartão de crédito.

Cuidadosamente, descolei seis recibos e no lugar de cada um, escrevi uma palavra. Elas formavam a frase: "Deixe as pessoas viverem em paz".

Sr. Torres levaria um tempo até descobrir quais recibos estavam faltando e por que os números não batiam com os da planilha. Sei que isso não lhe ensinaria nada. Que nenhuma lição serviria a um homem que não tem nada a perder.

As pequenas vinganças só servem a quem as arquiteta.

Amadou observava atento cada um de meus gestos. Eu sabia que me deixaria fazer. Sabia que não diria nada a ninguém.

Antes que eu saísse levando a pasta para a Geosil, ele me disse:

— Fiquei sabendo que parte depois de amanhã. Boa viagem.

— Obrigada.

— Mande lembranças à família.

— Mandarei, obrigada Amadou.

•

Depois de entregar a pasta à secretária de Sr. Torres, pedi que Olivier me deixasse no caminho de casa, perto da ponte que deveria ligar as duas capitais. Queria dar uma última olhada em Kinshasa, passear pela margem do Rio Congo antes do pôr do sol.

A orla me trazia tanto alívio.

Talvez porque um rio sempre indica um caminho.

Os garçons nos restaurantes de luxo já recolhiam as cadeiras do almoço e descansavam antes do turno do jantar. Grupos de jovens estavam sentados na parte de trás dos prédios que davam para o rio.

O calçadão da orla ainda estava sendo construído, o que me obrigava a fazer um leve desvio a fim de seguir contornando as águas. Parei em frente à estátua imponente de Pierre de Brazza, um oficial europeu, o suposto fundador de Brazzaville e me perguntei pela primeira vez o que era aquele prédio opulento. Em uma placa, li:

Memorial Pierre Savorgnan de Brazza.

Não tirei nenhuma foto, embora desta vez não estivesse sendo observada por militares. Ao contrário, aquele lugar havia sido construído para ser fotografado. Minhas pernas condicionadas caminharam em direção ao museu. Meu caminhar era fruto de uma educação colonizada e eu olhava – mais uma vez – para o mesmo lado da história.

Parei.

Era uma das poucas vezes que eu ousava vaguear sozinha em Brazzaville. Aquela viagem fora uma falácia. Eu não estivera no Congo, mas em outra realidade não muito distante da minha, a trinta horas de viagem. Nela, falamos francês, comemos Nutella, nos abrigamos em casas muradas e não ousamos transpor a película de privilégios.

Minha presença ali não era legítima
porque nem era real.

Durante vinte e tantos dias, eu havia habitado essa fina camada de realidade em silêncio.

Eu não estivera no Congo
e, ainda assim, tinha medo de estar.

Entre o Memorial e a Prefeitura, um rebuliço de câmeras e pessoas. Me aproximei.

Nas câmeras, o logo da televisão Venezuelana me fez lembrar dos livros de Ondjaki, em que ouvi falar pela primeira vez do eixo África-América Latina. Ideais sufocados tal filhotes de gatinhos colocados em um saco fechado e abandonados ao rio.

Com os olhos já abertos, mas dentes e garras ainda porosos.

Em frente às câmeras, os *sapeurs* – os mesmos que despertaram a curiosidade que me fez embarcar para o Congo – desfilavam seus trejeitos multicoloridos, seus acessórios de luxo e seus ternos sob medida.

A SAPE, *Société des Ambianceurs et Personnes Élégantes* sempre me chamou atenção. Como poderiam ser tão frívolos e multicoloridos em um território tão desesperado?

Talvez o direito a ser frívolo e multicolorido seja uma revolução.

— A SAPE data do começo do século XX e é muito mais do que uma subcultura – dizia o mais velho deles para a câmera. Ele usava um terno azul-marinho e se apoiava em uma bengala prateada.

Um dos *sapeurs*, vestido com um terno vermelho fogo e uma cartola preta, se aproximou de mim.

— Olá – ele disse.

— Olá – respondi.

— Você está com a filmagem?

— Não, não.

— De onde você vem? – ele perguntou

— Brasil.

— Uau. São Paulo, Brasília, Rio?

Quando percebi, ele se virava ao resto do grupo e acenava. Eles vieram, eram cerca de sete ou oito, um verdadeiro arco-íris. Em cada acessório, refletida a personalidade de cada um – cartolas, bengalas, gravatas-borboleta ou não.

Até mesmo o jeito de andar era premeditado, contava uma história.

— Vocês são tão lindos – eu disse, deslumbrada.

— E você é uma mulher muito elegante – respondeu o homem que falava à câmera e se juntou a nós assim que a entrevista acabou.

Olhei para mim mesma. Estava vestida com as roupas de sempre, quase coladas ao corpo – a mesma calça saruel, a mesma camiseta velha de manga comprida, o mesmo cabelo amassado, além do velho tênis de caminhada constantemente sujo.

Como se lesse meus pensamentos, completou.

— Claro que a elegância para nós não é só uma questão de vestimenta. Não somos tão ingênuos assim.

— E o que é a elegância então? – perguntei

— É estar em paz.

— É estar em paz com as suas guerras – completou o outro.

Sorri.

Voltei para casa sem mapa. O rio que corria em mim indicava um caminho sem redemoinhos.

Ao entrar no quarto, sabia o que fazer.

Tirei tudo da mala, deixando só um corte de tecido – *tangawisi* – e uma troca de roupas.

O resto deixei no armário.

A mala estava agora leve, poderia levantá-la com uma só mão.

Recuperei em um bolso interno meu diário já guardado.

Folheei o caderno – uma grafia apressada em um papel sem pautas.

A escrita violenta em letra de mão foi tudo o que restou.

Minhas ruínas.

Havia uma beleza voraz nesta história garranchada.

Um acordo de paz que não pode ser passado a limpo.

A elegância em sua forma mais brutal.

DIAS 27 E 28

— Eu tinha dez anos na guerra de 97. Era preciso muito mais coragem do que um menino de dez anos deveria ter. Havia corpos nas ruas.

— As casas eram invadidas. As mulheres, estupradas.

— Eu decidi: não entraria no exército nunca. Mesmo sendo a vontade do meu pai, que acabou assassinado por um militar na minha frente.

— Não, não me importo se você anotar.

•

Acordei para um último dia em Brazzaville. Meu voo partiria às 9h da manhã do dia seguinte. Às 5h, Olivier passaria para me buscar. Desde então, eu já levava meu passaporte colado ao corpo. O número da reserva do voo, eu sabia de cor.

E se Olivier não viesse, eu tinha um plano:

— Reto toda vida, passo pelo centro francês. No zoológico, viro à direita. Continuo reto. Uma, duas, três, quatro, cinco ruas até cruzar com o bar de parede amarela. Viro à esquerda.

Mas por ora, eu aproveitaria do último dia em Brazza.

Disse a mim mesma que havia ido ao escritório para imprimir a passagem. Era em parte verdade. Mas também fui por não ter o que fazer. Porque não queria ficar sozinha. Porque não queria que aquele dia tivesse a solenidade do último.

Não tinha de quem me despedir.

Não tinha para quem voltar.

Desde que saíra do Brasil, não havia dado ou tido notícias de ninguém.

O não poder dizer se transformou em não querer dizer e em seguida em nem pensar em dizer.

A incomunicabilidade imposta pelos grampos no telefone tornou minha vida

só

minha.

E o silêncio, uma estranha forma de liberdade.

Há um mês, cortei os cabos de segurança que me ligavam ao mundo, me entendi além dos olhares externos e, destruídas as fundações, eu era um terreno baldio.

Mas não queria pensar nisso agora.

Assim, quando Leila me pediu que lhe fizesse um favor e fosse buscar um último galão de gasolina para o gerador, aceitei de bom grado. Caminhei em direção ao carro de Olivier que já me esperava do lado de fora do portão. Ao sentar-me no banco vazio do passageiro, Samuel me cumprimentou.

Antes que eu formulasse qualquer frase, ele arrancou o motor, sem me indicar a direção.

●

Por impulso, disse-lhe:

— Pare o carro. Não gosto de não saber para onde estou indo.

— Ninguém gosta – respondeu.

E depois completou:

— Desculpe.

Ligou a seta. Estacionou. Calou-se.

Buscava algo a dizer como quem procura uma chave perdida em um molho de chaves desconhecido. Era a primeira vez que Samuel não tinha uma resposta pronta. Suas certezas eram um colete salva-vidas sem o qual ele não poderia navegar. Sem o qual, teria medo de se lançar à água. Mesmo que a boia faça com que perca em destreza. Mesmo que seus movimentos sejam grosseiros e lentos. Hesitar seria deixar-se levar pelas águas correntes e Samuel nunca corria o risco de se afogar.

Éramos nisso diferentes. Eu estava acostumada a ter água nos ouvidos. Virava cambalhotas desnecessárias sob rebentações, nadava contra a corrente. Pois, ao contrário de Samuel, sempre mergulhei em piscinas que dão pé.

— Você já conheceu a praia de Brazzaville? – perguntou-me, enfim.

Sorri, sentindo em meu corpo a agitação das águas. Cruzávamos a linha do alto-mar.

•

À beira do rio Congo, a praia de Brazzaville estava vazia. Alguns pescadores ao longe e só.

Caminhamos até os pés tocarem as águas.

Samuel me observava.

Andava sempre dois passos atrás dos meus, ele todo em maré baixa.

— É muito estranho ir embora — eu disse.

— Foi estranho você ter vindo.

— É muito estranho ir embora sem saber quem você é — completei.

— E você não sabe?

— Sei?

Silêncio. Continuei.

— Eu invento histórias sobre o lugar de onde você vem, o que você faz.

— Mas eu não sou o lugar de onde venho. Nem o que faço — ele disse. — E nem você é.

Sentei na areia. Samuel se sentou ao meu lado.

Achei que ele me beijaria, mas não.

— Não posso te contar muita coisa — olhou para o lado, como sempre fazia e falou em voz muito baixa. — Vou ter que sair do país um dia. Mas por enquanto tenho muito trabalho aqui. Não posso te prometer nada.

— Você vai ficar bem?

Samuel assentiu.

— E você?

Me levantei, como se qualquer outra coisa fosse impensável. Joguei no chão as roupas que levava, assim como a pochete com o passaporte, e corri em direção às águas.

Mais tarde, estendidos na areia, nos beijamos pela primeira vez naquele dia.

Era um beijo de despedida.

Mesmo que seguido de muitos, foi este que ficou impresso, como um original a ser replicado.

— Vamos nos ver de novo, não se preocupe – ele disse.

— Como você sabe?

— Daqui a um minuto você ainda vai estar aqui. E no minuto seguinte também.

Sorri.

— E quando eu for embora?

— Aí tudo será diferente.

•

Quando Samuel precisou mudar de marcha, sua mão se separou da minha, mas logo voltou a encontrá-la de novo.

Quando abandonada, senti na mesma mão o impulso de mudar a direção do volante, mudar a direção de nosso destino, dizer a Samuel:

— Acelere! Vamos pegar embalo na ponte inacabada! Vamos até Kinshasa em um salto, vamos apodrecer dentro de um carro no fundo do rio Congo. Acelere!

Mas logo sua mão me acalentava de novo e eu me confortava com aquele gesto silencioso, com aquele afeto lúcido.

O celular de Samuel tocou em cima do painel. O nome de Alberto, piscava incessante. Samuel colocou o telefone em modo silencioso.

— Você não deveria colocar seu trabalho em risco.

— Eu não preciso mais desse trabalho, Manu. Já juntei toda a informação que queria e posso encontrar um outro facilmente. De qualquer forma, agora seria tarde. Ninguém prestava atenção em mim antes de você chegar, mas você mudou isso. Sabe, os brancos aqui só notam um congolês que outro branco já notou.

— E o que vai fazer?

— Continuar combatendo Sassou. É a única opção para mim – disse, vago.

Eu sabia que a militância de Samuel era mais forte do que o que sentia por mim.

Sabia que o contrário não lhe caberia.

Aí, quase senti raiva de Samuel. Pois seria para ele muito mais fácil me esquecer. Embora todo o resto fosse tão mais difícil.

Já passava das onze quando chegamos a casa.

Samuel estacionou em frente ao portão.

Diríamos boa noite e nos despediríamos sem a perspectiva de um amanhã.

Meu peito pesado, como se toda a emissão de CO_2 entre Brazzaville e São Paulo com escala em Paris se acumulasse em meu diafragma. Samuel olhava fixamente para o painel do carro. Segurava o volante com as duas mãos, embora estivéssemos parados.

— Pegue suas malas – disse.

— Oi?

— Eu não consigo te deixar. Não ainda. Pegue suas malas. Vou dar uma volta no quarteirão, nos encontramos aqui.

— Você não tem que...

Samuel abriu a porta do passageiro, roçando seu braço em meu corpo.

Desci do carro.

•

Recolhi meus poucos pertences sem prestar atenção em meus gestos.

Queria automatizar-me

esquecer todos os sentimentos

esquecer o que é sentir

entregar minha mente a cientistas sem diploma, virar máquina, apagar minhas lembranças, construir outras, lobotomizar-me

ser mais um corpo

e só.

Nunca mais carregar o peso do sentir em meus ombros.

Nunca mais carregar o peso do amor interrompido.

Ser como a ponte entre Kinshasa e Brazzaville

embargada.

Leila desceu as escadas correndo. Havia visto o carro lá fora. Ela me abraçou e sussurrou ao meu ouvido:

— Me promete que vai estar no aeroporto antes das seis?

— Prometo.

— Despeça-se de Samuel por mim. Não acho que voltarei a vê-lo.

— Acho que não.

— Corre.

— E eu voltarei a te ver?

Ela sorriu. Sorri de volta.

Virei as costas.

Corri.

●

Joguei a mala na caçamba, entrei no carro e gritei:

— Acelere!

Samuel se rendeu ao jogo e arrancou em alta velocidade.

Ríamos como duas crianças que acabam de pregar uma peça. Dois adolescentes que brincam de *Bonnie and Clyde* sem conhecer o final do filme.

Quando o semáforo ficou vermelho, nos beijamos e olhamos para trás.

Ninguém nos perseguia.

Quando o sinal ficou verde de novo, não pude deixar de me perguntar se algum dia corremos riscos reais.

Se alguma barreira política se impunha de verdade entre nós. Se Samuel era mesmo alvo de Sassou. Se estar no Congo oferecia um risco à minha segurança.

Ou se tudo foi só uma ficção que inventamos para que a barreira contra a nossa relação não fosse

só nós mesmos

e o medo de nossas

diferenças.

Pela janela, vi pela última vez a casa dos vizinhos chineses, a casa baleada, o Centro Cultural Francês, o zoológico fechado, o bar de muro verde-bandeira pintado de amarelo.

— Vamos para o aeroporto e esperamos juntos. Assim temos certeza que você não perde o avião.

Ficamos todo o caminho em silêncio, como se nada que pudéssemos dizer estivesse à altura daquele momento.

Quando o carro parou, senti que todo resquício de brincadeira havia dado lugar à melancolia. Como uma barragem na qual se abre uma fissura, havia lágrimas nos meus olhos.

Me perguntei: uma vez vertida toda a água, o que sobraria?
Samuel parou o carro no estacionamento do aeroporto.
Nos seus olhos, o deserto.
Ele ficou em silêncio.
Em silêncio.
Até que, de repente, falou.
De sua infância no Congo. Da guerra de 97. Do assassinato de seu pai. Do refúgio em Angola. Da oposição a Sassou. Do engajamento. Dos mortos. Dos anos em Paris. Do retorno a Brazzaville.
As últimas anotações em meu diário contam a história de Samuel. Contam uma história de Samuel. A que só eu conheceria – ele disse.
Quando me beijou, senti que algo estava diferente.
Samuel era o mesmo, mas agora não lhe faltavam pedaços.
Sentia todos os contornos de seu corpo, de sua história.
Samuel era ali seu passado, seu presente e todas as impossibilidades.
Seguimos nos beijando por minutos, horas talvez. Mas não era mais um beijo, era uma poção de cura. Era um sugar da tristeza do outro, tal se extrai um veneno de cobra. Bebê-la, engoli-la e depois cuspi-la até que o caldo se torne um anestésico, um anticorpo.
Mas misturadas, as tristezas só fizeram se multiplicar. Então paramos.

O sol já ganhava contornos de dia quando passamos a nos abraçar apenas
e tudo o que eu era cabia nesse abraço.
Nos abraçamos com as fronteiras de nossos corpos bem delimitadas.
Precisávamos saber onde acabava um e começava o outro
pois naquela fronteira
na linha fina entre nossos corpos
se fazia quase visível
o amor.

E nós precisávamos vê-lo.

— Está na hora de você embarcar – Samuel disse.
— Esquecemos o farol aceso – respondi, quando já nos afastávamos do carro.

— Tudo bem. Não posso ficar muito tempo à vista no aeroporto, é arriscado.

— É seguro você vir comigo?

Mas Samuel ficou. Insistiu em arrastar minha mala até a entrada do aeroporto e soltou minha mão.

— Assim não chamaremos a atenção dos guardas.

•

A porta automática do aeroporto era espelhada e demorou um pouco para abrir. Nela, vi pela primeira vez o quão belos éramos juntos. Não tinha nenhuma foto com Samuel.

Não tenho ainda.

Mas naquele reflexo, vi que nossos corpos eram harmoniosos.

E sorri para aquela porta fechada como se sorri para um retrato.

Pelo reflexo, vi que Samuel me olhava. Olhei de volta.

Nos separávamos.

Seguiríamos caminhos paralelos que se encontrariam talvez.

Coincidências são infinitos.

— Preciso fumar um cigarro – Samuel disse. – Vá fazendo *check-in*.

Chego já.

Andei até o balcão.

Da fila, quando a porta se abria, eu podia ver o que passava lá fora.

Podia ver Samuel fumando seu cigarro

tão distraidamente.

E quando a porta se fechava, restava apenas meu reflexo.

No balcão, a atendente explicava à mulher em minha frente que sua bagagem não era conforme.

A porta se abria

Eu observava Samuel.

Ele inspirou pelo nariz e soltou a fumaça pela boca, formando círculos. Vagarosamente. Como se me passasse um recado.

A porta se fechava.

Queria ser aquele cigarro, habitar seus lábios e virar fumaça em seus pulmões. Toxinas das quais ele nunca se livraria. E depois ser descartada em uma lixeira própria para este fim. A atendente chamou o próximo viajante.

A porta se abria.

Samuel respondeu ao meu aceno com um balançar de cabeça, de olhos semicerrados. Tragar, inspirar, boca, círculos.

A porta se fechava.

Avancei em direção ao balcão com meu passaporte em mãos, ainda sem tirar os olhos de Samuel.

— *Avancez, Madame.*

Depositei minha bagagem na esteira – sete quilos e duzentos gramas no total. Antes de entregar meu passaporte, olhei de novo para fora.

A porta se abria.

Samuel falava com um homem, um pouco menor que ele, com ombros largos, uma boina vermelha e uma farda.

A porta se fechava.

— *Madame, madame ?!* – gritou a atendente quando corri para fora do aeroporto.

Corri entre as pessoas confusas, pulando malas abertas, desviando de carrinhos de bebê, trombando com taxistas que ofereciam seus serviços.

A porta se abriu.

Um casal entrou no aeroporto carregando duas bagagens não conformes. Atrás deles, um homem de terno passou, arrastando uma mala de rodinha que cabia no compartimento interno do avião.

A bituca do cigarro de Samuel ainda estava no chão, queimando, pela metade.

O carro ainda estava estacionado.

O farol, aceso.

O homem fardado havia sido substituído por outro, igualmente fardado.

Quando perguntei por Samuel, ele ergueu os ombros.

Quando perguntei por Samuel a todas as pessoas do aeroporto, elas ergueram os ombros.

Os alto-falantes anunciavam a última chamada do voo com destino a Paris.

•

Quando caminhei em direção ao portão de embarque, cada um de meus passos arrastava as fundações da cidade, blocos de concreto emaranhados a pedaços de arame emaranhados à minha carne. Quando eu andava, levava comigo estruturas pesadas, sôfregas, apáticas.

Um andar de destruição, arrastando as construções cinzas, como as cinzas do cigarro pela metade de Samuel que agora eu levava no bolso.

Minhas lágrimas contidas em frascos transparentes de até 100ml.

Na sala de embarque não havia mais ninguém. As aeromoças me esperavam para fechar o portão e me encaravam, como se com o olhar pudessem me apressar.

Sem se dar conta de que eu carregava uma bagagem invisível:

as ruínas de uma ponte incompleta que liga dois territórios irreconciliáveis.

Da sala de embarque era possível ver o saguão principal, separado por uma parede de vidro.

Lá fora, a porta se abriu.

Tive a impressão de ver o terno azul brilhante de Samuel. Sua mão, em direção aos seus lábios, dando uma longa tragada. Ele inspirou pelo nariz e soltou a fumaça pela boca, formando círculos de fumaça. Vagarosamente.

Estava de costas, poderia ser qualquer um – mas não era. Era
— Samuel! – gritei.
Senti uma mão em minhas costas.
— *Madame*, o avião está partindo.
Mas eu não podia me mexer.
E quando a porta se abriu uma última vez
o terno azul já não estava.

•

Passei toda a decolagem com os olhos colados à janela.

Precisava ver se o carro com os faróis acesos ainda estava lá.

Mas de tão alto, a luz dos faróis ficou irreconhecível, mesclou-se a todas as outras luzes da cidade.

Samuel havia se tornado
invisível.

DIA 29

Me dou conta de que não despachei minha mala – meus pertences
ficariam no Congo em algum setor de viajantes não conformes.
Chego a São Paulo sem bagagens
sem um lugar para ir
e dos alicerces de uma obra embargada
eu construiria em mim
uma casa.

Agradecimentos

Agradeço a Pierre Franclet, que me abriu as portas para outros mundos e, com seu companheirismo, permitiu que este livro fosse escrito.

Regina Célia Barbosa, por me mostrar a força subversiva do amor incondicional.

Lúcia Helena Barbosa, que tanto expandiu meus horizontes.

Cecília Balera Barbosa, que me ensinou a amar em forma de cuidado.

José Oliveira Barbosa, não existem fronteiras quando andamos de mãos dadas.

Celso Duvecchi, que me reconciliou com a escrita.

Anne Muanaw, por chegar onde as palavras não vão.

Ricardo Laganaro, como pode um cronista construir pontes tão sólidas?

Liliane Prata, se alguém me contasse que a primeira autora que me inspirou escreveria a orelha do meu livro, eu não acreditaria.

Nathan Matos, o editor que anda sempre pra frente.

Colaboradores da Moinhos, que são na verdade gigantes.

Eduardo Nicolau, Karina Almeida, leitores queridos que me deram confiança para seguir.

Gustavo Fattori, Bruna Escaleira, Lia Segre, Ana Arra. É preciso uma aldeia inteira para se escrever um livro. Muito, muito obrigada.

Este livro foi composto em ITC Berkeley Oldstyle Std para a
Editora Moinhos, no papel Pólen Soft para a Editora Moinhos.

*

Era outubro de 2020.
Es brasileires sentiam no ar o calor das queimadas.